세상에서 가장 아름다운 만남

세상에서
가장
아름다운 만남

정현석 지음

트러스트북스

가고 오는 길이 만만치 않아 쉽게 결정할 수 없는 일이었지
만 다녀온 지금은 매우 잘한 결정이었다 말하고 싶다.
그곳을 떠나올 때는 내가 여기 올 일은 다시는 없겠다 싶었
으나 며칠 지나니 웬걸 탄자니아의 모든 것이 그리워진다.

아름다운 새소리, 시원한 바람, 향긋한 냄새, 친절한 사람
들, 맑고 파란 하늘, 흙먼지, 밤하늘의 별, 아이들의 미소 심
지어 불편한 환경까지도 그렇다.
무엇보다도 내가 그들 가운데 어딘가 아련하게 존재하기
때문이다.
마치 시간이 정지된 것처럼.

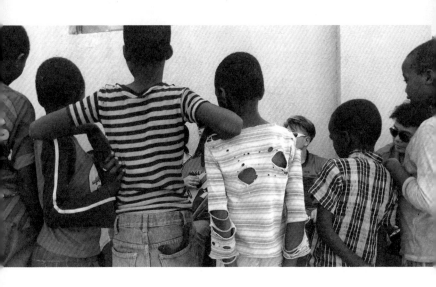

피부색이 달라도 그들의 미소는 아름다웠고 옷은 남루해도
태도는 당당했으며 하루 한 끼의 식사에도 항상 감사했다.
내가 잊고 있었던 모든 것을 고스란히 간직하고 있던 그들
앞에서 나는 한없이 부끄러웠다.
 탄자니아는 나를 겸손하게 만든 최단기 학교였다.
그렇지만 세상 어느 곳에서도 배울 수 없었던 진정한 삶을
가르쳐 주었다.
이 책은 열흘 동안 그곳에서 내가 보고 느낀 감정들을 현장
에서 여과 없이 쓴 글이다.

비행기에서, 버스에서, 교회에서, 숙소에서, 걸으면서, 때와 장소를 불문하고 오직 핸드폰 자판으로만 책 한 권을 열흘 만에 썼으니 내가 생각해도 보통 일은 아니지 싶다.

탄자니아에서 카톡으로 보낸 글들을 받아보신 많은 분들이 "책으로도 냈으면 좋겠다"라고 하여 결국 오늘에까지 이를 수 있었다.

생생한 현장감, 탄자니아의 소박함과 작가의 심경 변화 등이 고스란히 담겨 있기에 지인들의 호평을 받은 듯하다.

탄자니아에서의 열흘은 내 인생의 반환점이라는 산허리에서 바위에 걸터앉아 잠시 호흡을 가다듬는 시간이 되었다.

먼 곳을 바라보며 지나온 세월과 남은 세월을 가늠하면서 '나는 무엇으로 사는가' 고민하며 묻고 답하고 묻고 답하길 수없이 반복했다.

그런 마음이 이 책 곳곳에 녹아 있다.

이 글을 쓰던 열흘 내내 행복했고 슬펐으며 아팠다. 눈물도 어지간히 많이 흘렸다.

한국으로 돌아온 지 오늘이 꼭 열흘째다. 하지만 몸만 여기에 있을 뿐, 마음은 아직도 탄자니아에 있는 듯하다.

TV도 안 보고 라디오도 안 듣고 신문도 안 읽게 되었다. 가만히 생각하니 탄자니아와 맺은 사랑을 깨뜨리고 싶지 않은 마음이 강한 탓이라 여긴다.

물론 곧 예전처럼 살게 되겠지. 그러나 잊을 수는 없을 것 같다. 탄자니아의 곱디고운 모든 것들을.

변화산에서 뜻밖에 엘리야와 모세를 만난 예수님의 제자들이 황홀경에 빠진 나머지 변화산에서 내려가지 말고 초막을 짓고 살자고 했던 그 말이 지금처럼 실감 나기는 처음이다.

참으로 아쉽지만 지금 나는 변화산에서 내려오고 있는 중이다.

2019년 2월 20일

조병훈 선교사

가라투 아웃리치 센터는 250명의 현지 목회자들을 섬기는 곳이어서 여러 가지가 필요하다. 고국에서 오는 아무리 작고 사소한 물품이라도 이곳에서는 매우 요긴하게 쓰이고 있다. 고국의 많은 전도팀들이 이곳을 방문하면서 선물을 한 아름씩 바리바리 가져와 전도사역에 큰 도움을 주신다.

또 오신 분들이 팀을 이뤄 함께 전도도 하고 오지의 교회를 방문하여 예배도 드리며 원주민 교회 성도들과 교제도 나눈다.

그런데 이번 단비선교팀과 동행한 정 형제는 특이하게도 모든 선교 일정을 드라마처럼 꼼꼼하게 기록하여 고국에 있는 지인에게 보내 탄자니아에서 느끼는 감동들을 실시간으로 전하는 모습을 보면서, 정말 특별하다는 느낌을 받았다.

사진을 찍어 추억으로 남기는 것은 흔한 일이지만 열흘 동안 글로 한 권의 책을 엮어내는 모습은 내게도 특별한 경험이었다. 정 작가의 글을 보면서 '선교 팀들이 이곳에 오면 이런 감동과 감정도 느끼기도 하는구나' 하고 이해할 수 있었다.
틈만 나면 이것저것 질문이 많았는데 글을 쓰기 위하여 그랬다는 것을 한참이 지난 뒤에야 알게 되었다.

그가 추천사를 부탁하며 카톡으로 보내온 원고를 연달아 세 번을 읽었는데 읽을 때마다 글이 살아 있는 것처럼 활력이 넘치고 공감을 불러일으켰다.

선교를 통하여 글을 쓰고 있는 본인이 은혜를 누리고 마음의 상처가 치료되는 모습을 볼 때 선교란 남을 위한 것만이 아니라 당사자를 위한 것이기도 하다는 사실을 이 기회에 알 수 있었다.

현지 목회자들을 섬기면서 받은 은혜, 함께 하는 팀원들을 통해 역사하시는 하나님, 대중 전도집회와 영화 상영을 통해 복음이 전해지고 영혼을 사랑하는 마음으로 기도케 하신 모든 일이 소소하지만 여과 없이 기록되어 "하나님이 하셨다"라고 고백할 수 있어 참으로 좋다.

비록 열흘 남짓 짧은 기간이지만 우리들의 삶을 통해 일하시는 하나님을 이 책자를 통해 볼 수 있어 너무나 기쁘고 감사하다. 더 많은 선교 동역자들이 세워져 아프리카 탄자니아에 하나님의 나라가 더 굳건히 세워지길 소망한다.

가라투 아웃리치센터에서

강봉규 목사

단비내리는교회 담임목사
식산의료재단 나사렛병원 이사장
광신대학교 법인이사

《순전한 기독교》라는 책에서 저자 C. S. 루이스는 이렇게 말한다. "만약 이 세상에서 경험한 것들로 채워지지 않는 욕구가 내 안에 있다면 그건 이 세상이 아닌 다른 세상에 맞게 만들어졌기 때문이다."

나는 루이스의 이 말을 참 좋아한다. 우리의 내면 깊숙한 곳에서는 채울 수 없는 욕구와 그리움이 있다. 이 갈망의 정체는 대체 무엇일까? 나는 이를 영원에 대한 소망 혹은 하나님에 대한 갈망이라고 생각한다.

내 눈에 비친 정현석 형제는 영적인 부분에 목마르고 배고 픈 사람이다. 그에겐 세상 것으로는 결코 채울 수 없는 하나님의 나라에 대한 그리움이 크다는 것을 그동안 교제하며 알게 되었다. 그랬기에 나는 아프리카 탄자니아에 함께 가자고 권유했고 그는 한 치의 망설임 없이 곧바로 "예"라고 답했다.

2주 동안 탄자니아에서 함께 지내며 가까이에서 본 그는 마치 은혜의 폭탄을 맞은 사람 같았다. 눈물의 선지자 예레미야처럼 울고 또 울었다. 하염없이 흘렸던 그 눈물은 자신과 맞닥뜨린 自我省察자아성찰의 산물이라고 생각했고, 하나님께서 그런 기회를 주시는 것 같았다. 구도자 같은 모습으로 때와 장소를 불문하고 무섭게 글을 써 내려갔다. 마치 이글을 다 쓰고 나면 죽을 사람처럼 보이기도 했다. 그러나 그의 속사람은 성령의 기름 부으심으로 충만해 있었다.

그의 글은 단순한 탄자니아 선교 기행문이 아니라 영적 여행을 통해 만난, 그가 그리워하던 하나님의 임재를 몸소 경험한 이야기이며 그분의 은혜에 감격한 눈물 젖은 신앙고백이다.

이 뜨겁고 신실한 글을 통해 많은 사람들이 아프리카의 변방 탄자니아에도 사랑과 관심을 가지는 계기가 되길 간절하게 소망해본다.

벗 **김신원**

여러 여건이 만만치 않았을 여행 중에도 마치 생중계를 하는 것처럼 바로바로 글을 올려주어 읽는 나는 마치 자네와 동행하고 있는 것 같았네.
이런 글을 싱싱하게 살아 있는 생글이라고 하겠지.

잘 쓰려는 의도가 없기에 소박하고 편안하니 자연스럽고, 무엇보다 친구와 검은 아프리카와의 만남에서 오는 깨달음의 빛!

흑진주같이 검은 피부이기에 더 맑고, 밝게 빛나는 눈동자를 보면 누구라도 깨닫지 않을 수 없었겠고,

어둡고 열악한 환경에서 밝고 환한 웃음은 신선한 충격이
며, 결국 그 깨달음의 빛은 친구의 남아 있는 삶과 주변을
밝게 하겠지!

소통은 말을 수단으로 하는 것 같지만 깊은 만남은 말을 초
월하지 않던가?
말보다는 간절한 진심이지.

연암 박지원은 중국어를 못했는데도 불구하고 많은 친구를
깊게 사귀고 소통했다고 하네.
오히려 말이 통하지 않아 더 깊이 교감할 수 있었던 것은 아
니었을는지.
멀리서 찾아온 정성이 백 마디 말보다 큰 감동이라 하지 않
던가.

익숙함을 떠나 치앙마이에 온 지 한 달이 되었네.
이제 고국으로 돌아갈 날이 한 달쯤 남았나 보네.
여기서는 말이 잘 안 통하니 친절과 진심이 더 잘 보이네.
아마 박지원도 편견과 조건과 이해관계 없는 진정한 우정
을 경험했던 것은 아닌지..

처음 봤으니
당연히 처음 본 것처럼!
다시 올 기약이 없으니
마지막 볼 것처럼
말일세.

서로 의도와 목적이 없었고,
기대도 없으니 오히려 실망도 없었겠지.
친절을 제한하지도 않으니 미련도 없었을 테고
노력해서 힘겹게 친절을 짜내지도 않아도 되니 피곤하지
않고.
제한하지 않지만 넘치지도 않는
적당한 친절!

가족관계는 너무 무겁고,
사업관계는 너무 얄팍하니 말일세.
여행 중에 잊고 살던 우정관계를 잠깐이나 맛보는 것은 매
우 의미 있는 일이라 여기네.

이제 벗의 남은 세월은 탄자니아를 품에 안고 사랑하며 살 겠네그려.
그것이 얼마나 좋은 일인가!

한국에 돌아가면 책은 이미 출판되어 있겠구먼.
책 팔면 수익금은 몽땅 탄자니아로 보내겠지.
자네와 만나 우정을 나눈 지가 어언 30여 년이 되었으니 성품을 좀 알지.

그리고 나도 책을 몇 권 산다고 약속하겠네.
그럼, 늘 건강 잘 챙기시게.

세상에서 가장 아름다운 만남 —차례—

에필로그

___01
세상에서 가장 아름다운 만남

만남의 종류는 이루 헤아릴 수 없을 만큼 다양하다.
부모와의 만남 형제와의 만남
친구와의 만남 배우자와의 만남 등등.

그런데 만남도 잘된 만남과 잘못된 만남이 있다.
그러면 아름다운 만남은 과연 어떤 만남일까?
시작은 물론 과정과 결과가 좋은 만남일 것이다.

인간은 만남으로 시작해 만남으로 끝이 난다.
그만큼 만남의 사회적 관계는 매우 크다.

나는 최근 탄자니아라는 한 나라를 만나 돌이킬 수 없는 사랑에 빠지게 되었다.

사랑에도 수없는 종류가 있으나 내가 빠진 사랑은 뭐라고 해야 할지 고민이다.

아직까지 이런 사랑을 경험하지 못해봤기에 그렇다.

우정도 아니고 애정도 아니며 민족애는 더욱 아니다. 탄자니아는 나의 조국이 아니기 때문이다.

그렇다면 도대체 무엇이 열흘 남짓 지내는 동안 내 마음을 훔쳤을까?

아무리 생각해도 내가 주인으로 섬기는 예수께서 당신의 사랑을 종인 나에게 아낌없이 부어주신 탓인 것 같다.

나에게는 우선 열흘 동안 책 한 권을 쓸 만큼 넉넉한 글솜씨가 없고, 변방국인 탄자니아에 대한 정보나 어떤 관심도 없었기에 사랑에 빠질 특별한 이유가 없었다.

하지만 예수님의 눈으로 보고 예수님의 귀로 듣고 예수님의 마음으로 느끼는 순간순간들이 모여 결국 탄자니아를 사랑하게 된 200쪽이 넘는 러브스토리가 탄생했다.

그 일은 분명 기적 같은 일이며

결과적으로 학교 교실을 지어 선물하는 프러포즈를 통해
사랑 고백의 마무리를 지었다.

한 개인과 한 나라와의 만남도
세상에서 가장 아름다운 만남이 될 수 있다.
아펜젤러와 조선의 만남
언더우드와 조선의 만남
리빙스턴과 아프리카와의 만남
이태석 신부와 아프리카 수단과의 만남
조병훈 선교사와 탄자니아와 만남도 그러하고
강봉규 목사와 나와의 만남도 예외는 아니다.

나와 탄자니아와의 만남도 비록
시작은 미미했지만 예수님이 이 일을 하셨다면 상상하지
못한 결과를 가져오게 될 것이며 이미 시작되었다.

글과 사진이 나를 대신하여 수많은 사람들에게 탄자니아와의 만남을 종용할 것이다. 그 만남 역시 책의 제목처럼 '세상에서 가장 아름다운 만남'으로 초대할 것이며 또 다른 만남을 부탁할 것이다.

왜냐하면 이 만남은 우리 모두를 행복으로 안내하기 때문이다.

관심은 사랑의 최고의 표현이다.

나는 이 글과 사진이 탄자니아를 조금이라도 알게 되는 기회가 되었으면 좋겠다.

사람이란

아는 만큼 깊이 사랑하게 되기 때문이다.

—— 02

여행의 설렘

수개월 동안 준비하고 고대했던 오늘, 드디어 탄자니아로 출발하는 날이 왔다.

왜 가야 하는지, 가는 사람이 왜 꼭 나여야만 되는지 의문을 품는 사람들 중 아내가 으뜸이다. 상의 없이 결정하여 멀리 탄자니아로 떠나는 내게 상당한 불만이 있었지만, 먼 길 간다 하니 모른 체하지 않고 출발지인 나사렛 병원까지 배웅해주었다.

사실은 탄자니아가 아프리카 어디 즈음에 붙어 있는지조차
몰랐다. 관심도 없었고 그러다 보니 또 갈 일이 없었다.

뜻밖에 가게 된 이번 탄자니아로 가는 여정은 선교도 아니
고 그렇다고 순수한 여행도 아니다. 돈 들여 고생하는 '하
드 투어' 정도로 생각했다. 그렇지만 생경한 환경을 통하여
느슨해진 마음의 나사를 조여보고 싶은 영적 절박함이 있
었다.

그렇기 때문에 이번 여행을 기록하려 준비한 노트에 감히 선교라는 단어를 붙이지 못하고 대신 '체인지 라이프 투어'라는 그럴듯한 제목으로 포장했다.

내가 원해서 판단하고 결정한 일이니 난관에 부딪히면 스스로 이겨내야 했다.

드디어 오늘이 그날이다.

세계 빈국 10위권 안에 드는 탄자니아 땅은 시커먼 사람들만이 가득한 낯설고 두려운 곳이다. 생각할수록 많이 불편할 것 같고 괜히 고생길로 접어든 기분이다.

그러나 감사를 잃어버린 내게 이번 여행은 감사를 회복하는 '리턴 땡큐'의 기회가 되리라 기대를 가져본다.

_03

감사

어느 탈북 여성의 이야기가 불현듯 생각난다. 한국에 와서 무엇이 가장 좋은지 묻는 기자의 질문에 그는 이렇게 답했다. "물이 풍부한 것, 전기를 상시 사용할 수 있는 것, 텔레비전 채널이 다양한 것과 가스레인지를 언제나 사용하는 것, 겨울에도 씻을 수 있는 온수 보일러가 있어서 감사하다."

우리에게는 평범한 일상이 된 사소한 것들이지만 목숨을 걸고 내려온 그녀가 한국 땅에서 느끼는 감사란 그것이란다.

'小確幸소확행.' 행복은 이런 부분에 존재하는데도 우리는 자신과 거리가 먼 뜬구름 같은 헛된 욕망에만 너무 집착하고 있는 것은 아닐까.

내가 탄자니아로 여행을 다녀오려고 결정한 이유는 그다지 거창하지 않다. 가봐야 알겠지만 무엇이 진정한 행복인지 찾고 싶어서이다. 그런 마음을 잘 알고 있는 강 목사님이 적극 추천했다.

"집사님, 고마 훌쩍 아프리카 탄자니아 다녀옵시데이." 구수하고 다정한 경상도 말씨에 나는 그러겠다고 곧바로 약속드렸다. 그러자 추가되는 한 마디, "집사님 절대 후회 안합니다. 제가 보장합니다." 무슨 말인지 이해할 수 있었다. 그동안 내가 보낸 글과 목사님이 보내온 설교로 상당 시간 교류해 왔기에 이심전심의 경지에 이르렀다.

스무 시간 가까운 비행을 해야 하고 낯선 환경과 더 낯선 사람들… 이 모든 것은 내가 짊어져야 할 십자가다. 그러나 기쁘고 감사하게 질 각오로 충만하다.

배를 타고 탄자니아로 간다고 생각해 보라. 이 정도의 수고는 아무것도 아니다. 100여 년 전 우리나라를 방문한 외국의 선교사들은 수개월씩 걸려 배를 타고 오지 않았나.

목숨을 걸고 조선을 찾아온 초대 받지 못한 손님들의 생명을 건 희생으로 복음이 전해졌고 그들의 수고로 병원과 학교가 설립되어 나도 그 혜택을 누린 사람 중 한 명이 되었다.

이제 그들의 흉내라도 내볼 참으로 선교 여행길에 올랐다. 버스를 타고 공항으로 이동하는 중 아들 창민이에게 전화가 왔다.

"아빠, 잘 다녀오세요. 몸 관리도 잘 하시고요."

짧은 인사이지만 고맙다. 아들 말대로 잘 다녀왔으면 좋겠다.

오염된 마음,

게으른 마음,

퇴색된 믿음,

이것들을 확 바꿔서 돌아왔으면 좋겠다. 아내에게도 아이들에게도 직장동료와 이웃 모두에게 탄자니아 방문 전보다 방문 후의 내가 좀 더 나아진 사람이 된다면 얼마나 좋을까.

_____04

아름다운 도전

휴게소에 들러 커피 한 잔씩 하며 담소를 나눴다. 작년 단
비교회 가을음악회 때에 사회를 맡았던 지현 자매도 이번
에 동행했다.

교회 출석한 지 1년 정도가 지난 병아리 성도이지만 아프리
카까지 따라나선 것을 보니 참 대단하고 그 용기가 가상했
다. 설령 얼떨결에 따라나선 여행이었다 해도 그의 삶에 획
기적인 좋은 터닝 포인트가 될 수 있을 것이다.

가끔 얼떨결에 내린 우리의 결정이 썩 괜찮은 결과를 가져
오기도 한다.

___ 05
아내의 항변

아내에게 카톡이 왔다. 앞으로는 혼자 여행 결정을 내리지 말라는 경고다. 나는 그 경고에 "예스"라고 답하지 못했다. 성경 어디에도 아내와 상의하여 여행 여부를 결정하라고 분부한 곳은 없다. 만약 상의했더라면 탄자니아 여행은 결단코 허락받지 못했을 것이다.

아브라함은 이삭을 데리고 모리아 산으로 올랐을 때 아내 사라와 상의하지 않았다. 미리 상의했더라면 사라는 아마 이렇게 말하지 않았을까.

"당신, 미쳤구먼! 정말 미쳤어요? 나를 죽이고 이삭을 데리고 가든지 말든지 해요. 그런 하나님이라면 당신이나 많이 믿어요!" 그랬다면 지금 우리가 읽고 있는 성경은 다른 내용으로 기록되었을 것이다. 아마도 또 다른 사람의 이름으로 성경이 기록되지 않았을까.

아내를 사랑하지 않거나 무시해서가 아니라 어떤 때는 의논하지 않음이 서로에게 득이 되고 필요하다고 생각한다.

차창밖에 어둠이 짙어왔다. 공항이 서서히 가까워졌다. 공항 도착 후 저녁을 먹으면서 강 목사님의 이야기를 들었다.

이번 선교여행 소식을 극동방송을 통해 들은 한 장로님이 이백만 원을 가지고 와서는 선교에 보태라고 했단다. 그것도 생면부지의 사람이 말이다. 하나님이 이번 선교여행에 함께하신다는 증표가 아닐까.

또 노 권사님이 소천 전 목사님께 본인은 곧 하나님이 부르실 것 같다고 하면서 본인이 갖고 있던 전 재산 300만원을 연보로 드리고 가셨다고 했다. 생활비에 보태 쓰시라 극구 만류했으나 지난 93년의 세월을 돌아보니 감사뿐이라고 마지막 가는 길 하나님께 기쁨으로 감사드리도록 해달라고 간청하셔서 허락했단다.

그 노 권사님이 오늘 선교 출발하는 주일 아침 주님의 부르심을 받으셨다. 어머님처럼 섬기고 사랑했던 분이기에 하나님 품 안에 안기셨어도 섭섭하기가 이루 말할 수 없다면서 애달파 했다.

사람은 그렇게 오고 또 그렇게 사랑의 자국을 마음에 새긴 채 홀연히 떠나간다.

___06

운명공동체

우리는 한 비행기를 탔으니 운명공동체가 되었다. 12시 30분, 비행기는 에티오피아 공항으로 날아간다. 비좁은 비행기 안에서 사투를 벌여야 할 일이 걱정이다. 딸 솔이는 앞아만 있지 말고 기내를 왔다 갔다 하면서 몸을 움직이며 풀라고 카톡으로 아빠에 대한 사랑을 전해왔다.

"엄마가 아빠 여행 보내고 울었대요."
나이도 생각해야 하는데 상의도 없이 먼 곳으로 혼자 여행 결정을 했다고 많이 섭섭해 하더란다. 아내도 나이 앞에는 어쩔 수 없는 모양이다. 약해진 모습이 참 오랜만이다.
한두 번 간 여행도 아닌데 말이다.

그러나 그것 또한 다 사랑이다.
지금까지 아내의 사랑을 먹고 마시고 살아왔고 또 앞으로 그리할 것이다.

___07

사진

아침에 고등부 학생들과 통닭을 먹었던 것이 부담스러웠던지 속이 불편하다. 멀리 여행을 가려고 할 때는 먹는 것도 조심해야 하는 법인데 그 점을 간과했다. 심하진 않았으나 그렇다고 증상이 가벼운 것도 아니어서 약을 두세 가지 챙겨 먹고 나서야 겨우 진정이 되었다.

에티오피아 비행기를 기다리는 시간에 단체사진을 찍었다. 독립군들도 결전의 날이 있기 전 사진을 찍었다며 서로들 웃었다.

비행기는 14시간을 날아가 에티오피아까지 갈 것이다. 수면제 두 알의 효과는 9시간 정도였다. 생각보다 앞뒤 의자의 간격이 양호한 것도 다행스러운 일이다. 한국시간으로는 지금 9시 38분이다.

아프리카에 관해서는 가끔 텔레비전을 통해서만 보았던 나는 머나먼 이국땅인 탄자니아 땅을 밟는 순간을 상상만 해도 긴장이 된다.

과연 탄자니아는 어떤 모습일까?

08

만남

사람이 사람을 만나면 역사가 이뤄진다는데 이번 여행을
통해 나에게는 어떤 역사가 이뤄질지 기대가 된다.

그간 다녀본 곳은 중국, 영국, 필리핀, 일본, 러시아. 오늘
탄자니아까지 하면 6번째 해외여행이다. 그러나 이번 여행
에 거는 기대가 제일 크다. 가장 정보가 없는 미지의 세계
와 마주치는 두려움과 설렘 때문이다.

비행기는 에티오피아 공항까지 14시간을 날아 안착했다. 수
면제를 먹은 탓에 큰 어려움 없이 도착했으나 약기운이 약간
남아 있어 어리둥절한 기분이었다. 잠이 덜 깬 탓이다.

화장실을 한참이나 헤맨 끝에 겨우 찾았다. 그런데 이게 웬일? 물이 시원하게 나오지 않으니 양치 중이던 나는 난감하기 이를 데 없었다. 겨우 졸졸 떨어지는 물방울을 모아 간신히 양치를 마쳤다.

어차피 모든 불편과 부딪힐 각오로 충만해 있으니 까짓것 두렵지 않다.

공항의 분위기는 20~30여 년 전 호남선 고속버스터미널 수준이다. 그래도 아프리카 지역의 허브 역할을 하는 공항이라 분주하고 비행기도 많이 보인다. 한국 사람도 더러 보이지만 대부분 아프리카 사람들이다.

_09

트라우마

갑자기 일행들이 술렁거렸다.

인솔자이면서 강사로 탄자니아 교역자들을 교육해야 하는
책임자인 강 목사님이 어지럼증을 호소하며 벤치에 누워
있었다. 큰일이 아닐 수 없다. 나머지 12명은 그분이 해야
할 일의 어느 한 부분이라도 대신할 수 없기 때문이다.

의자에 누워 있는 목사님의 발을 만져보니 차갑기가 얼음
장 같았다. 아내의 손발이 늘 찬 관계로 발을 주물러 따뜻
하게 하던 생각이 나 양말을 벗기고 성심껏 마사지했다. 기
도도 열심히 했다. 주의 피로 깨끗하게 치료해주시라 간절
하게 빌었다.

사람이 이렇게도 간사하구나 싶어 주께 죄송했다.

목사님이 작년에도 탄자니아에서 사역 중 과로로 쓰러져 의식을 잃은 적이 있기에 단비 가족들은 그 트라우마로 많이 놀란 상태였다. 객인 나만 정신을 차리고 있었는지 모른다. 한참이 지난 후에야 자리에 앉아 숨을 돌렸다. 내가 할 수 있는 행동은 다했다.

이 모든 것의 원천은 사랑이다. 그분의 설교와 삶을 좋아하다 보니 탄자니아까지 동행하게 되었고, 편찮은 모습을 보니 냄새나는 양말도 벗기고 혼신의 힘을 다해 주물러 드렸다. 보잘것없는 행동이지만 어찌 별것 아니라 하겠는가. 같은 비행기 안이지만 좌석이 달라 현재 상태를 알 수 없지만 좋아졌길 바랄 뿐이다.

이제 곧 우리 비행기는 킬리만자로 국제공항에 도착한다. 솔이가 읽으라고 건네준 《오두막》을 읽는 중인데 아직까지 무슨 내용인지 감이 안 온다. 그래도 약속했으니 끝까지 독파해야 한다.

_10

킬리만자로

비행기 창문 밖으로 킬리만자로 산의 모습이 보인다. 올라갈 수 없지만 내려다볼 수 있음도 하나님의 은총이다. 선명한 파란 하늘과 흰 구름의 조화로움이 매우 환상적이다.

어려운 출국 소속을 마치고 가라투로 5시간여를 달려가고 있다. 탄자니아의 풍경을 고스란히 눈에 담는 중이다. 운전기사가 하품을 계속 하고 있어 걱정이다.

'이러다가 사고라도 나면 죽는 것 아닌가.' 도로가 편도1차선이라 자칫하다간 충돌이다.
그러나 생각보다 길은 잘 포장되어 있다. 일행에게 들어보니 일본에서 자국 차를 팔아먹기 위해 유엔의 도움을 받고 자국 기술자들을 파견해 도로를 건설해 주었단다. 그들의 상술에 그저 할 말이 없다. 거리에 온통 일본 차들이 가득했던 이유가 거기에 있었다.

사람 사는 곳이 무에 그리 다를까만 오지임에는 틀림없다. 거리 좌우에 바나나 나무숲이 울창하다. 앞으로 4시간을 더 달려야 한다. 이까짓 것, 고생을 각오했으니 갈 때까지 가보자.

미세먼지를 걱정하여 마스크를 챙겨주는 아내에게 괜한 일을 한다고 했지만 이곳도 마스크를 쓰지 않으면 목이 따가웠다. 순전히 자동차 매연 탓이다. 마스크를 가방에서 꺼내 쓰고 일행들에게도 하나씩 나눠주고 나니 달랑 한 개가 남았다. 순간 아내가 생각났다.

"내가 당신 쓰라고 준 것을 잊었어?"
"여보, 안 쓰고 말지 나만 살겠다고 혼자 마스크 쓸 순 없잖아?"

_11

아웃리치 선교센터

일본산 중고차가 넘쳐나서 거리는 온통 매연 천지가 되어 버렸다. 중고차 팔아먹어 돈 벌자고 탄자니아 땅을 오염시 키는 일본이 괘씸하기만 하다.

한국 시간으로 화요일 새벽 6시에 선교 센터에 도착했다. 일요일 오후 3시에 출발하여 지금 도착했으니 꼬박 이틀이 걸렸다. 센터 방에 들어서니 어디서 많이 본 쥐똥이 날 반 긴다. 방에 쥐가 돌아다닌다는 확실한 증거다.

지난주에는 담양 우리 집 닭장에 수시로 드나들며 사료와 달걀을 훔쳐 먹는 쥐를 스무 마리 정도나 잡았는데 여기 와서도 쥐를 잡게 될지 모를 일이다. 나는 쥐 잡는 박사가 되었다. 쥐들이 나를 아주 못마땅하게 여겨 하이에나처럼 떼로 공격하지 않을까 걱정이다.

4시간 동안 버스를 타고 인천공항에서 에티오피아 공항까지 14시간, 에티오피아 공항에서 킬리만자로 공항까지 3시간, 여기서 가라투 선교 센터까지 4시간, 대기시간까지 합치면 30시간이 훌쩍 넘는다. 이것도 십자가를 지는 일이다.

가시관 쓰고 못 박힌 것은 주님이 하셨으니 우리는 그분이 하시고자 했던, 사람을 살리는 일에 동참하는 것이 십자가를 지는 일이다. 대접을 받으려 탄자니아에 오지 않았다.

부친께서 생전에 늘 하시던 말씀이 생각난다. "야아, 너는 왜 그리 사서 고생을 하느냐. 남들은 고생을 피해서 가는데 넌 일부러 고생과 한 판 붙어 보자는 식이로구나."
걱정을 가득 담고 하신 말씀이 귓전에 들리는 듯하다.
그러나 고생 뒤에 낙이 오는 법. 나는 그 사실을 일찍 깨달았다. 고생은 반드시 피해야 하는 두려운 것만은 아니다. 살면서 느끼지만, 기쁨은 고생이라는 창문을 열어젖힌 후에야 가만히 얼굴을 내민다.

_____12

탄자니아의 첫 밤

화장실부터가 낯설다. 변기 모양이 우습기도 하고 재밌기
도 하다. 우리가 사용하는 일반 변기와는 너무 다르다.

바깥에서 웅성거리는 소리가 나는 것을 보니 이제 모두 도
착한 모양이다. 선교사님이 준비해주신 저녁식사는 맛도
훌륭했지만 정성이 듬뿍 담겨 있었다.

무엇이 우리를 하나로 묶었을까 잠시 서로를 소개하는 시
간을 가졌다. 주 앞에 진실하고 사람에게 솔직하게 사는 것
이야말로 행복의 시작이라 말하고 싶다.

아프면 아프다고 하고 행복하면 행복하다고 말할 수 있는 관계, 그런 것이 건강한 공동체의 모습이리라. 단비교회는 이런 면에서 매우 탁월하다. 어떤 의견과 질문일지라도 목사에게 허심탄회하게 물어볼 수 있는 분위기가 좋다. '질문 없는 교회는 문제가 많다는 것' 이 강 목사님의 지론이기도 하다. 성도들에게 순종이나 침묵을 무조건 종용하는 것은 목사 스스로 무덤을 파는 일이라 매우 경계해야 한다고 기회가 될 때마다 강조한다. 그렇기에 서로 눈치 보면서 뒷담화나 하는 모습은 찾아볼 수 없다.

탄자니아 가라투의 밤은 적막강산이다. 금방이라도 킬리만자로의 하이에나가 슬그머니 내려올 것만 같다.

드디어 탄자니아에서의 첫 밤이 시작되었다.

___13

탄자니아의 첫 새벽

탄자니아에서 첫 새벽을 맞았다. 새벽 기도를 하러 예배당으로 가던 중 하늘을 쳐다보니 별들이 금방이라도 쏟아져 내릴 것만 같았다. 빛 물감을 검은 도화지에 뿌린 느낌이랄까. 청아한 새들의 노래와 간간이 들려오는 이름 모를 짐승들의 소리… 아, 지상의 낙원에 이르긴 한 모양이다.

옆방에서 기타로 찬양하는 장진영 형제의 모습이 유독 멋있어 보인다. 기타 잘 치는 사람은 언제 봐도 멋있다. 얼굴이 잘생기기도 했지만 미남 너머의 무언가가 있는 사람이다.

보기만 해도 듬직하다는 표현이 꼭 맞는 사람이 천주용 형제다. 거침없는 시원한 성격이 매력만점이다. 말도 명쾌하고 노래도 잘하는 팔방 쾌남이다.

내 옆에 앉아 열심히 탄자니아를 공부하는 김병갑 형제는 나와 같은 방을 쓰는, 심성 좋은 아우 같은 룸메이트다.

주방에서는 탄자니아 자매 둘이서 무언가를 열심히 준비 중이다. 단비교회의 마스코트 이정미 자매도 보인다. 강 목사님의 표현대로라면 인간이 아니고 천사라는데 날개를 어디에 숨겼는지 그것이 궁금하다.

밥솥을 만지작거리는 추영란 자매는 이번 선교 팀의 총무로 수고하고 있다. 참으로 귀한 자매님이다. "집사님, 사모님과 나이 차이가 진짜 어떻게 돼요?"라고 묻던 모습이 참 진지했다. 유독 우리 부부 사이에 관심이 많고 매사에 열심이다.

키가 꽤 커서 눈에 잘 띄는 한 여성분은 통합 측 서장현 목사다. 출발할 때 엄마와 떨어지기 싫어 울던 서 목사님의 아들이 생각난다. 가만히 있기만 해도 존재감이 넘쳐난다.

머리를 긁적거리며 이리저리 왔다 갔다 하는 영맨, 군에서 갓 제대한 스물셋 장재영 형제는 보기만 해도 듬직하고 잘생겼다. 만약 내게 아들이 없었다면 많이 부러워했을 것이다. 창민이가 우리 가정에 내 아들로 와주어 새삼 고마웠다. 재영이는 기타리스트 장진영 형제의 아들인데 부자지간의 정을 나눌 겸 같이 왔단다.

이제 막 목사님 가족이 들어오신다. 건강이 많이 좋아 보여 퍽 다행이다.

커피를 우아하게 마시는 신아름 자매가 거실을 이리저리 다니며 아름다운 자태를 맘껏 뽐낸다. 장기간 일을 쉬고 오기가 쉽지 않았을 텐데 대단하다. 커피 향기가 보통이 아니다. 커피와 참 잘 어울리는 것 같은데 많이 마시고 누리고 가길 바란다.

조병훈 선교사님은 목소리가 참 좋고 표정 변화가 별로 없는 상남자 스타일이다. 우리 팀이 선물로 가져온 볼펜을 세고 있다. 수강하는 목회자들에게 주려고 챙기시는 모양이다. 와서 보니 선교 센터의 규모가 보통이 아니다. 놀라울 뿐이다.

허선옥 사모님은 강 목사님 설교를 늘 통역하신다는데 언어에 탁월한 은사가 있다는 칭찬이 자자하다. 학교의 책임자로도 수고하신다고 들었다. 오늘 오전에는 학교를 직접 방문할 계획이다. 일인 다역을 감당하시는 모습들은 분명 슈퍼스타일 것이다.
그리고 김치 담그는 솜씨는 압권이다.

강양선 형제, 언제나 말이 없이 사슴 같은 눈을 가진 채 고독을 즐긴다. 옆자리에 앉은 아버지인 강 목사님도 나와 통하기나 한 것처럼 본인 아들은 혼자 사색하기를 좋아한다고 거든다.

그러고 보니 사모님이 안 보인다. '말 없는 지존'으로 그 무게를 가늠하기가 어렵다. 굳이 설명하지 않아도 어떻게 단비교회가 오늘처럼 아름다울 수 있는지 짐작이 가능하다. 어찌 되었던 사실이다. 이 글의 독자 상당수는 단비 교인이기에 내 직관을 의심받을 일은 없다.

이제 아침식사가 시작되었다. 선교사님의 지도 아래 빵을 먹는 방법을 교육받고 있다. 토스트에 꿀을 잔뜩 바른 후 땅콩과 아보카도를 깔고 망고와 계란 바나나를 듬뿍 넣었으니 그 맛은 상상에 맡긴다. 커피 애호가는 아니지만 식후에 나눈 탄자니아산 원두커피의 향과 맛은 오늘따라 참 맛있게 느껴졌다.

식사 기도를 눈물로 드리는 모습은 처음 보았다. 추영란 자매의 식사 기도는 오래도록 기억에 남을 것 같다. 나도 이제 빵을 배급받으러 일어나야겠다.

창문에 비치는 햇살이 눈부시다.

_14

단비

학교를 방문하여 선교사에게 설명을 듣고 있다.

선교 센터의 부지가 12000평인데 단비교회가 그 안에 설립한 초등학교 일부 건물을 둘러보았다. 교인 150명 남짓한 작은 교회가 이처럼 큰일을 해냈다니, 눈으로 보지 않고서는 좀처럼 믿기 어려운 일이다.

또한 일회성 행사로 그치지 않고 매년 3천만 원씩 선교지에 지원한다니 그저 놀랄 뿐이다. 한 달에 5만 원씩 후원금 내고서도 온갖 생색을 내는 교회들은 회개 좀 했으면 좋겠다. 수천 명 성도를 가진 교회라 할지라도 꿈도 못 꿀 일이다.

나주 남평읍의 작은 단비교회가 한국의 나주뿐만 아니라 탄자니아 가라투 지역에 흡족한 단비를 뿌리고 있다.

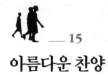

15

아름다운 찬양

오전 집회에 참석 중이다.

찬양하는 모습과 노래는 내가 태어나 처음 경험하는 감동
으로 파도처럼 몰려왔다.

사람의 목소리로 과연 가능한가.

천사가 잠시 사람의 몸을 빌린 듯하다.

보고만 있어도 감동이다.

한국의 내로라하는 뮤지션이라 할지라도 여기에선 비교 자
체를 거부당할 것 같다.

하나님은 이곳 사람들에게 먹을 것 대신 풍부한 음악 감성
을 주신 것 같다.

저들의 찬양을 들을 수 있는 것만으로도 여기까지 달려온
보람이 있다.

"내 속의 죄악을 모조리 불사르소서.
더러운 찌꺼기 한 톨도 용납 마시고 태우소서.
오 주여, 내 영혼에 은총을 베푸소서." 기도가 절로 나왔다.

내 앞이 캄캄해
절망이 엄습할 때
한 줄기 빛처럼
환하게 비추는
당신은 누구신가.
이름만 불러도
가슴이 따뜻한
사랑의 예수님.
절망도 두렴도 흔적 없이 사라지리.
사랑의 예수님 이름만 불러도.

천상의 노래를 들으니 나도 시인이 된다.

세상에서 가장
아름다운 만남

——16

그리움

여전히 평안과 고요가 나를 지배하고 있다.

눈에 보이는 큰 변화로는 즐겨 보던 TV를 켜지 않고

라디오와 신문 등 언론매체를 일절 가까이하지 않는 것이다.

그저 사색하는 일과 간혹 CCM 특히 '은혜 아니면'을 즐겨

듣고 있다.

탄자니아에서 느꼈던 감정들을 마음의 지갑에서 꺼내보는

것과 그곳 사람들을 떠올리는 것 정도다.

마음의 화는 많이 줄었다. 아니, 거의 사라졌다. 언어가 순

화되었다.

누구를 원망하는 마음도 없다. 그러니 '무념무상,' 삶이 좀 덤덤하다.

몸의 컨디션은 그다지 좋지 않다. 아마 잠을 충분히 못 잔 후유증일 게다.

이번 주 화요일 남광주CBMC월례회 행사시 설교한 선교보고 녹음을 듣고서는 쑥스러워 혼이 났다.

왜 내 목소리 듣기가 이다지 힘들까? 그동안 내가 했던 말들을 다시듣기로 듣게 된다면 지옥의 형벌이 따로 없을 것 같다. 하여간 말을 조심하고 나중에 들어도 괜찮을 만큼 좋은 말을 해야겠다.

탄자니아에서 쓴 원고도 손을 좀 봐야 하는데 마음이 영 움직이지 않는다. 출판비 기금자는 늘어 벌써 500만원이 넘어가는데 나는 아직도 게으름과 사투 중이다. 언제 손을 봐서 출판사에 넘겨야 할지 고민이다. 원고 쳐다보기가 겁이 난다.

나를 탄자니아로 끌고 간 단비교회 강봉규 목사가 웬일인지 그립다.

마음은 평화로우나 몸은 무겁고 머리는 맑으나 생각은 복잡하다.

갑자기 탄자니아의 별이 보고 싶고
지저귀는 새소리도 듣고 싶다.
흑진주 같은 아이들이 눈에 밟힌다.
탄자니아의 광활한 초원과 푸르기만 한 하늘, 솜사탕 같은 뭉게구름, 맑은 공기, 눈을 감으면 금방이라도 그곳으로 달려가는 꿈을 꿀 것 같다.

아내가 한마디 거든다.
"어이구, 탄자니아의 영성이 언제까지나 갈꼬?"
"그거야 나도 모르지.
은혜 아니면 난 아무것도 아니니까."

탄자니아에서 돌아오고 일주일이 지난 2019년 2월 15일 밤

___17

연탄재

창민이가 내게 물었다.

"아빠, 탄자니아 가면 아빠도 손으로 밥을 집어서 드시나요?"

"아마 그럴지도 모르지."

이제 현지에 와서 생활하고 있으니 제대로 답을 해야겠다. 우리 일행은 수저를 사용하고 이곳의 목회자들은 손을 사용해서 먹는다. 볶음밥 같은 것을 손으로 꼭꼭 눌러서 국이나 반찬 없이 그냥 먹었다.

소를 한 마리 잡았다는데 그들에게는 풍성한 식탁이 되었으리라 믿는다. 삼삼오오 짝을 이뤄 식사하며 담소하는 모습이 그저 신기하고 신비롭다.

복음으로 온 땅을 편만하게 하라.

어째서 나는 한국에서 태어나 부러운 것 없이 살고 이곳 사람들은 거친 땅에서 겨우 목숨을 연명해야 하는 처지로 사는지 마음이 아프다.

건기가 9개월이 넘고 우기가 3개월 정도인데 비가 오면 한꺼번에 쏟아지기 때문에 재해가 되고 만단다. 9개월 동안 비 한 방울 내리지 않는 땅에서 무엇을 가꾸어 먹을 수 있겠는가. 별빛은 아름답지만 환경은 사람이 살아가기에 녹록하지 않다.

그래도 주님이 그들 속에 임재하셔서 살아갈 소망을 갖게 된다면 그곳이 천국이 되리라 믿는다.

찬양하는 그들의 모습을 보노라면 그 자체가 천국 백성이다. 기뻐하며 춤추고 찬양하는 자세는 우리와 비교할 수도 없어서 많이 부끄럽다.

안도현 시인의 시 〈너에게 묻는다〉가 생각난다.
'연탄재 함부로 발로 차지 마라

너는

누구에게 한 번이라도 뜨거운 사람이었느냐

라고

시인은 나에게 묻는다.

_18

프리 칠드런

나와 사진도 찍었던 어린 친구가 아까부터 내 옆에 앉아 있다. 모습을 살펴보니 신발은 자동차 타이어로 만든 것이고 옷은 우리나라 쓰레기장에서조차 찾아보기 힘든 모습이다.

그래도 귀엽고 예쁘기만 하다. 아이들은 존재만으로도 빛난다. 내 눈에는 그가 걸친 옷은 보이지 않고 또랑또랑한 눈망울만 보인다. 막대사탕을 맛있게 빨아먹는 모습은 50년 전 바로 우리의 모습이다.

나는 그 친구를 '프리 칠드런' 이라 명명했다.
"쪼코렛 기브 미! 쪼코렛 기브 미" 외치며 미군 지프를 따라 달렸던 일들이 불과 수십 년 전 우리 부모 세대였다는 사실을 잊지 말아야겠다. 나도 그 당시에 태어나 살았다면 분명히 그러고도 남았을 것이다.

오, 주여 탄자니아의 영혼들을 지켜주옵소서!

___ 19

대화

저녁식사를 기다리는 동안 선교사님과 여러 이야기를 나누었다. 20년 동안 사역하면서 겪었던 불꽃같은 이야기는 살아 있는 전설 그 자체였다. 가라투 지역 유일한 선교사로 모범을 보이고 있었다.

특히 재정은 투명성을 위해 현지인 전문 경리에게 맡긴다고 했다. 돈 때문에 선교사역이 한순간에 무너져버리는 경우가 허다하기 때문일 것이다.

현재 선교 센터의 상주 근무인원은 20명 정도로 가라투에서는 확고한 위치를 점하고 있다. 학부형 중에는 판검사와 교수 등도 상당하여 높은 교육 수준을 보이며 지역의 인정을 받는 모양이다. 입학 경쟁률이 심해서 당국에서는 학급 수를 늘리라고 종용한단다.

요 며칠 카톡으로 겨우 소식을 주고받는 것 외에는 내가 속했던 세상과 거의 단절된 상태이지만 지낼 만하다.
때로는 이런 단절의 시간이 삶에 필요한 것은 아닐까.
세상과의 차단이 하늘을 보게 하는 기회를 제공하기도 하니 말이다.

20

두드러기

어젯밤 11시부터 시작된 두드러기는 새벽 4시가 되어서야
겨우 진정되었다.

처음엔 모기인가 했으나 모기장을 치고 잠자리에 들었으니
아닐 테고 그럼 벼룩인 모양이다 싶어 피부를 이리저리 전
등으로 비춰봐도 아무 벌레도 보이지 않았다.

증상을 가만히 더듬어보니 음식 트러블 때문에 두드러기가
생긴 것이 떠올랐다. 어제저녁 메뉴에 특별히 문제 되는 음
식은 없었는데 왜 그랬는지 모를 일이다.

그래도 뭔가 문제가 있었겠지. 독소를 제거하기 위해서는 물을 많이 마셔야 한다는 생각에 생수를 통째로 들이켰다. 그러다 보니 화장실에 자주 가게 되고 결국 밤새 한숨도 못 자고 이제야 겨우 안정되었다.

이곳에 온 것을 처음으로 후회할 뻔했다. 하지만 고생을 각오했으니 당연한 것인지도 모른다.

솔이가 추천한 《오두막》을 틈틈이 읽고 있는데 현재까지는 내용이 어둡다. 책 내용과 이곳 환경이 어우러져 악몽을 꾸고는 한다. 그래도 딸은 자기를 믿고 끝까지 읽고 오란다.

"암 그렇게 하고말고."

그래도 전기 들어오고 따뜻한 물 나오고 제때 식사 제공되니 불만은 사치이겠으나, 그동안 '안락'의 맛에 길들여진 내가 힘들지 않다면 거짓말이다.

배고픔만 해결된다고 해서 다는 아니기 때문이다.

21

飽煖思淫慾 포난사음욕
飢寒發道心 기한발도심

솔직히 지금의 상황은 불편하다. 안 그런 척하지만 어쩔 수 없다. 수염도 깎지 않고 며칠 지나니 산적이 따로 없다. 그러나 나에겐 이런 소소한 불편이 더 큰 편안을 주리라 확신한다.

두드러기로 몇 시간을 시달리다 보니 나도 흔들렸다.

흔들려야 꽃이 핀다고 했던가!

인간이란 "포난에 사음욕이요 기한에 발도심"이라 했다. 배부르고 따뜻한 곳에서 호강하면 음탕한 마음이 생기고, 굶주리고 추운 곳에서 힘이 들면 도 닦고자 하는 마음이 일어난다는 뜻이 아닐까 한다.

글을 쓰다 보니 어느샌가 새벽 5시가 되었다.

새벽 별도 보고 새벽예배도 다녀와야겠다.

카지 양구 이키이샤

이곳의 성도들은 자리에 앉아 있지 않고 하나같이 서서 기
도를 드린다.
무슨 말인지 몰라도 예수 이름은 잘 들린다.
만국 통용어 예수, 그 이름 귀할 뿐이다.
예수, 그 이름이 우리의 능력이며 권세이다.

세미나에 참석하는 가라투 목회자들을 위해 선교 팀들이
열심히 찬양을 연습 중이다. 음악성을 보면 공자 앞에 문자
쓰는 격인지 모르지만 성령께서 함께하사 피차 은혜가 되
길 바란다.

KAZI YANGU IKISHA
카지 양구 이키샤

Kazi Yangu ikiisha,
카지 양구 이키이샤

nami nikiokoka,
나미 니키오코카,

Na kuvaa kutokuharibika,
나 쿠바아 쿠토쿠하리비카

Nitamjua Mwokozi nifikapo ng' amboni.
니타음주아 무오코지 니피카포 응암보니.

Atakuwa wa kwanza kunilaki.
아타쿠와 와 쿠안자 쿠니라키

Nitamjua, nitamjua, nikimwona uso kwa uso;
니타음주아 니키무오나 우쏘 쿠와 우쏘

Nitamjua, nitamjua, kwa alama za misumari.
니타음주아 쿠아 알라마 자 미수마리

번역된 가사는 이렇다.

내 할 일이 끝나, 구원받고
영원히 닳지 않는 옷 입고서
천국에 도착하면
나는 주님을 알아볼 것이요
주님은 나를 첫 번째로 맞이하는 이가 될 것이요,
나도 주님을 알아볼 것이라네.

심금을 울리는 곡과 가사가 큰 은혜가 되었다. 공연할 때는 나도 전통악기인 타악기 젬베를 직접 연주하기로 했다.

아침이 밝아왔다. 탄자니아의 세 번째 햇빛을 만난다.
어제 두드러기로 고생했던 악몽이 단비 선교 팀의 찬양 소리로 완전히 치료되었다.
찬양은 약이다. 마음의 병도 치료하고 육신의 병도 치료함을 믿는다.

"인생의 어려운 순간마다 주의 약속 생각해보네."

23

세 나무의 소원

시간이 갈수록 사람들로 가득 찬다.

세미나의 주제는 요한계시록으로 쉽지 않은데도 강 목사님 특유의 분명한 논리와 부드러운 메시지가 잘 전달되고 있다.

강 목사님의 메시지는 어떤 성경 어떤 본문도 사랑에 기초하고 있다. 그것이 그분이 가진 은사 중에 으뜸이다. 설교 중에 예시로 든 '세 나무의 소원' 이란 말씀은 큰 감동을 주었다.

세 나무의 소원

한 나무는 임금의 침대가 되길 소원했지만

말구유가 되었고,

두 번째 나무는 큰 배 되어 많은 물고기를 잡고 싶어 했지만

갈릴리 어부의 작은 배 되었네.

세 번째 나무는 하나님만 바라보고 살기 원했지만

소원과 상관없이 엉뚱하게 베어진 몸뚱이는 어떤 죄수의

형틀인 십자가가 되었는데 그 십자가에 달리신 분이 만왕

의 왕인 예수였다네

설교를 듣는 중에 시 비슷하게 만들어 보았다.

세 나무의 기도는 모두 응답되었다.

더 놀랍고 위대하게.

우리는 우리 수준의 응답에만 목말라하지만, 기도를 들으

시는 하나님은 우리의 상상을 뛰어넘어 퍼펙트한 결과를

주신다.

__24

카레

탄자니아 땅에서도 카레를 먹었다.

이런 호사가 허락되다니, 참 감사하다.

이 맛있는 카레를 어떻게 칭찬해야 할까. 그래, '둘이 먹다
가 하나 죽어도 모를 맛'으로 감사를 대신해야겠다.

"당신, 살 빠져서 돌아오면 국물도 없어요. 잘 챙겨 먹고 더
건강하게 돌아와야 해요."

아내의 염려는 아무래도 기우가 될 것 같다.

단비 선교 팀의 요리 솜씨는 인정한다. 먹는 것은 대만족이다. 인간의 욕구 중 가장 큰 것을 채워주니 불만이 없다. 체중계가 없어 확인은 불가능하지만 2kg는 늘었을 것 같다.

이곳의 날씨는 한국의 초가을 같다.
선선하게 불어오는 바람이 살갗에 닿는 순간 기분이 매우 산뜻해진다.

___25

커피

사흘째가 되니 조금 답답하다.

통신 상태가 좋지 않아 카톡도 어렵고 한국 소식도 깡통이
다. 무소식 무정보가 행복이려니 한다.

내일 창민이가 어느 고등학교로 배정되느냐가 가장 큰 이
슈이다. 숭일고나 살레시오고가 되면 좋겠는데 그건 내 생
각이다.

인생의 가을을 어떻게 보내야 하나,

탄자니아 땅에서 면밀하게 고민해 볼 일이다.

커피 한 잔이 있으면 금상첨화겠다.

오우!

병갑 형제께서 내 부탁을 들어줘서 갓 볶은 원두로 내린

맛있는 커피를 마실 수 있었다.

_26

부끄러운 고백

오늘은 좀 부끄러운 이야기를 털어놓고 싶다.

이곳에 오면서 혹시 필요할지 몰라 달러를 약간 가지고 왔다.

오리엔테이션 때도 선교사님이 소지품에 대한 어떤 주의사

항도 하지 않아 당부하는 것을 잊었나 했다. 센터 건물에

잠금장치도 따로 없었다.

본인 물건은 본인이 알아서 관리하는 것이 이곳의 문화인

가 싶어 알아서 지니고 다녔다.

하지만 선교사님과 대화하면서 내 생각이 얼마나 어리석었는지 알게 되었다. 그분은 선교 팀에게 주의를 줄 필요가 전혀 없다고 자신 있게 말씀하셨다. 선교 센터의 도덕 수준을 과소평가한 내가 한없이 부끄러워 쥐구멍이라도 있으면 숨고 싶었다.

오후 세미나에 참석하면서부터는 모두 다 두고 왔다. 지갑도 생명 같은 여권마저도 전부.

아, 이 홀가분한 마음! 정말 좋다.

직원이 스무 명 넘게 근무하지만 절도 사건은 꿈도 꾸지 못한다. 신앙 양심도 물론이지만 어렵게 잡은 직업을 놓치는 바보가 없단다. '소탐대실' 하지 않는 지혜가 이들에게 있다는 말이다

도둑을 걱정하지 않아도 되는 조직은 매우 건강한 단체이다. 희망이 있다.

여러 나라의 선교 현장을 방문했지만 잠금장치를 하지 않았던 유일한 곳은 탄자니아 아웃리치 선교 센터뿐이었다.

이 또한 내게는 상당한 감동이다.

_27

화장실

이곳 선교 센터의 화장실은 수세식이 아니라 재래식이기 때문에 분뇨를 사람의 인력으로만 수거해야 한다.

한국처럼 분뇨수거차가 없단다.

전기만 있으면 사용 가능한 오수 전용 펌프가 있다는 사실을 모르고 있었기에 전기를 이용할 수 있는 펌프 설치 방법을 알려드렸다. 수거에 필요한 펌프는 내가 기증하기로 했다.

선교사님의 오랜 고민은 나를 만나 한 방에 해결되었고,
전문가 대접을 받은 나는 모처럼 어깨가 으쓱해졌다.
센터를 방문한 보람이 있다.
다음 선교 팀 편에 보내겠다고 약속을 드렸다.
몸도 마음도 새털처럼 가볍다.

세상에서 가장
아름다운 만남

____28

아들의 학교 배정

31일 오늘은 창민이 고등학교 배정 확정일이다.

기다리고 있던 터에 마침 아내에게서 카톡이 왔다. 우리 모두가 마음으로 간절하게 원했던 숭일고에 진학하게 되어 다행이다.

아버지인 나는 순천 매산고 아내는 광주 경신여고 아들인 창민이는 광주 숭일고 모두 미션스쿨 출신이 되었다. 적어도 우리에겐 큰 기쁨이다. 하나님께 감사를 드린다.

세상에서 가장
아름다운 만남

담양에서 광주까지 꼬박 1년을 아내가 아들 통학시키느라 많이 수고했다. 이제 기숙사로 들어가면 그 수고에서 벗어나게 된다. 하지만 등하굣길을 오가며 나누었던 정담과 함께했던 시간들은 세상 어떤 무엇과도 바꿀 수 없는 귀한 추억이다.

나도 가끔 저녁시간 아들의 귀가를 도왔다. 이런저런 대화를 나누며 아버지와 아들로 또 친구로 혹 신앙 상담자로 함께하며 참 많이 행복했다.

이 기회에 탄자니아에서 다짐 하나 하고 싶다.

공부 때문에 아들과 나의 사이가 나빠지는 일은 없게 할 것이다.

공부를 잘하건 못하건 그건 우리 부자지간에 아무런 장애가 될 수도, 되어서도 안 된다는 것을…….

29

매력만점

이제야 탄자니아 아이들이 눈에 한가득 들어온다.

카메라에 담다 보니 어느새 그 친구들이 내 마음속 앵글로
들어왔다. 검은 피부가 매력으로 보이고 진주처럼 빛난다.
눈동자는 정말 구슬 같다.

꼭 안아주고 싶다. 아니, 안아줘도 하나 어색하지 않다.

시간이란 그렇게 위대한 것이다.

어제부터 선교 센터 주위를 홀로 산책했다. 새벽에는 탄자
니아 목회자들의 간절한 기도 소리를 음악 삼아 센터 숲을
거닐었다.

검은색 피부가 참으로 매력만점이라는 사실도 여기 와서
알았다.

마음을 열고 보니 누구라도 존귀하지 않음이 없다.

——30

눈물

눈물이 난다.

그냥,

내 속에 죄가 타 재가 눈물 되어 흐르는 것은 아닐까.

눈물이 흐른다.

찬양하는 모습만 봐도 심장이 멎어온다.

두 다리 뻗고 마냥 울고 싶다.

그냥 통곡이 쏟아진다.

눈물을 주체할 수 없다.

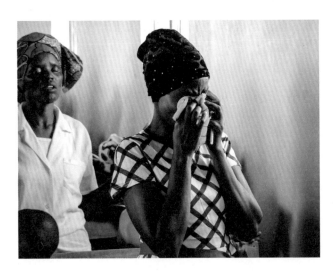

한국에서 흘리지 못한 눈물이
아프리카 탄자니아에 와서야
이렇듯 흘러내리다니
참으로 비싼 눈물을 흘렸다.
감정도 마르고 눈물도 마르고 사랑도 말라버린 나에게
탄자니아 가라투는 눈물을 회복한 옹달샘이 되었다.
영혼을 씻을 수 있는 유일한 것이 있다면 '눈물'이라는데,
그 말이 사실이라면 오늘 나는 제대로 씻었다.

31

행복지수

바람이 볼을 어루만진다.

마치 성령이 나를 어루만지듯 스쳐 지나간다.

한순간의 감정이라 할지라도 놓치고 싶지 않다.

하늘과 나무와 햇빛이 나를 주목한다.

새로운 나라는 세상을 뒤엎어서 오는 것이 아니고 내 마음
을 갈아엎어서 오는 것이다.

천국은 여기 있다 저기 있다 함이 아니요 너희 안에 있다고
했다.

그렇다면 지금 이곳이 천국일 수도 있겠다.

그러나 정신 차리고 보면 현실은 얼음장처럼 차다.

역시나 이곳은 빈곤하다.

육의 눈으로 보면 옷은 남루하고 몰골은 초췌하다.

그러나 누가 이들을 불쌍하다 함부로 말하랴.

뇌공학자들이 행복 물질은 뇌에서 분비된다고 하는데 수치
로 표현해보면

아프리카 45

남미 38

북유럽 21

한국 14

세계 평균은 약 30이다.

행복 물질의 양은 근면 성실성과 반비례한다.

누가 아프리카 사람들을 불행하다고 말할 수 있으랴.

우리보다 행복지수가 3배 높은 분들,

그냥 행복한 사람들이

바로 여기 계시는 분들이다.

세상에서 가장
아름다운 만남

32

한 끼 식사

빵떡모자 가수 기현수님에게 아이들의 사진을 보냈더니 답
이 가관이다. 귀국할 때 주머니에 가만히 넣어오란다.
아니, 나를 국제 유괴범으로 만들 셈인가!
그만큼 매력적이고 볼수록 귀엽다. 얼굴에서는 하나같이
평화가 흐른다.

식생활 문화를 알아보니 아침엔 차 한 잔, 점심은 건너뛰고
저녁 즈음에 몽땅 먹는다고 한다.
말이 몽땅이지 뭐 얼마나 되겠나.
적게 먹으면 배가 고파서 잠을 못 잔단다.
有口無言유구무언이다.

우리 팀은 점심을 먹으려 기다리고 있다.

삼시 세끼 안 먹으면 큰일이라도 날 것처럼 걱정이 태산인

우리는 무엇이고,

하루 한 끼로 허기를 채우는 저들은 또 무엇인가.

그래, 대대로 내려온 문화 탓이라 여겨야지.

그들은 그들의 문화가, 우리는 우리의 문화가 존재하니까.

그래도 맘은 불편하다.

그러나 앞으로 식사를 대할 때 이쪽도 좀 생각해야겠다. 복
잡다단한 부담감이 서서히 마음을 옥죄어온다.
아무래도 성령께서 내 영혼을 씻으시고 나서 작업을 하시
는 모양이다

세상에 공짜는 없다.
이것은 진리이다.

_____33
식사 기도

누군가가 점심 기도자를 호출한다.

매번 식사 기도 때마다 눈물샘을 자극하던데 오늘은 누가 또 사고를 치려나.

아니, 식사 기도하는데 왜 눈물이 주르륵 흘러내리는 걸까?

탄자니아에서는 식사 기도를 하는데도 눈물이 나니 도대체 어찌 된 영문인지 모르겠다.

내 룸메이트 김병갑 형제가 기도를 드린다.

메뉴는 잔치국수.

"아니, 이렇게 맛있게 해도 되는 거예요?"

탄자니아에 고생 좀 하러 왔는데 완전 작전 착오다. 두 그릇을 순간에 비워버렸다.

그런데 나라는 인간은 팔불출임이 틀림없다. 이 와중에 국수를 좋아하는 마누라 생각이 났으니 말이다.

'함께 먹었으면 더 맛있었을 텐데.'

오후에 단비 선교 팀 특송이 있어 지금 한참 연습 중이다.

연습인데도 은혜가 충만하다.

실전에는 더 큰 은혜가 임할 것이다.

34

아름다운 흔적

선교 센터의 여러 곳에 광주 새순교회의 흔적들이 많이 보인다.

설립 초기부터 많은 성도들의 헌신으로 황무지 가라투에 선교 센터가 설립되고 12,000평 부지에 여러 종류의 건물이 아담하게 서 있었다.

수백 명의 목회자들이 말씀을 배우고 새벽이슬 같은 청년들이 탄자니아를 가슴에 품고 기도하는 멋진 곳이 되었으니, 얼마나 놀랍고 아름다운가!

광주 새순교회의 수고와 헌신이 구석구석 눈에 보인다.

지금은 일정 부분 산곡교회와 단비교회가 이어받아 짐을 서로 나누어 지고 있지만 초창기에 터를 닦은 이들의 땀방울을 기억해야 한다.

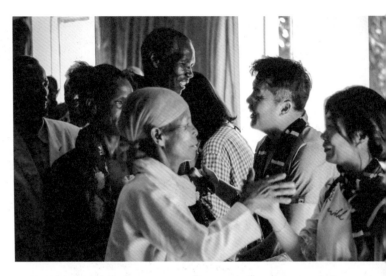

—35

특송

단비 선교 팀이 오늘 특송을 했다.

나는 단비 교인이 아니고 선교여행에 합류만 했기에 찬양

연습을 하지 않아서 미안하지만 립싱크로 자리만 채웠다.

하나 발견한 것은 립싱크가 훨씬 더 어렵다는 것이다.

그나마 내게 위로가 된 사실은 카메라에 찍힌 것은 목소리

가 아니고 립싱크라도 하며 서 있는 내 모습이다.

주께서 상을 주실 때 자리라도 채웠으니 나를 빼놓지는 않

으시리라 확신한다.

_____ 36

찬양

난생처음 아프리카 탄자니아 가라투족 원주민들과 어울려서 춤을 추며 찬양을 했다.

신나게 찬양했지만 마음 한구석에서는 슬픔이 몽글몽글 솟아올랐다.

기쁨과 슬픔은 본디 하나에서 파생된 것이라 믿는다. 사랑의 기쁨과 슬픔이 하나이듯이.

세상에서 가장
아름다운 만남

이들에게 복음이 전달되기까지 얼마나 많은 고통과 수고와 위협이 있었을까? 과히 짐작하기가 어렵다.

생명의 위협을 무릅쓰고 몸을 던진, 이름 없이 빛도 없이 주님을 섬긴 전도자들을 떠올리니 마음이 아려온다.

탄자니아에 와서 귀에 못이 박히게 들은 두 단어 '뭉크(하나님)'와 '예수(예수)'는 탄자니아의 등이요 빛이 되었다.

그러기에 희망이 생긴다.

37

벌 소동

"으아악!"

아니, 이게 무슨 소리지? 불이라도 난 건가?

저녁식사를 기다리며 쉬고 있는데 밖에서 난리가 났다.

선교사님이 봉침을 놓기 위해 벌을 채집하느라 벌집을 건드렸단다. 단비 팀원들은 그 사실을 모른 채 주변을 산책하다가 화가 잔뜩 나 있는 벌들에게 총공격을 받은 모양이다. 벌들이 종로에서 뺨 맞고 한강에서 눈 흘긴 셈이다. 숙소로 간신히 피신해온 팀원들의 모습은 가관이었다.

"살려줘요, 나 살려요!" "아이고, 나 죽어요!"

수십 마리의 벌떼가 쫓아와 공격해대니 얼마나 놀랐겠는가. 하지만 나는 웃음을 참느라 벌에 쏘인 것보다 더 힘들

었다. 그렇다고 일부러 쏘일 수는 없는 일 대략난감이올시
다. 지현 자매가 가장 많이 쏘였는데 병갑 형제가 "꽃이 맞
네. 그러니 벌들이 달려들지"라고 놀렸다.

한바탕 소동이 잠잠해지고 지금은 웃음꽃이 만발하다.
"엉엉!" 울다가 "호호 하하" 웃다가… 참 재미있는 광경이
다. 떡 본 김에 제사 지낸다고 나는 불편한 어깨에 일부러
한 방 쏘였다.

지나고 나면 이것도 진한 추억의 한 페이지가 될 터,
이야깃거리 하나 확실하게 만들었다.

38

호떡

대중 기호식품의 대명사가 된 호떡은 이름만 들어도 향수를 자극하게 하는 묘한 맛이 있다.

오늘은 탄자니아에서 만든 호떡이라 그런지 더욱 맛있었다. 탄자니아까지 재료를 가져와서 우리에게 뜻밖의 호사를 선물해준 이정미 집사와 천주용 형제에게 감사를 드린다.

잠을 청하려 누워 있는 나를 "호떡 드세요 형님, 호떡 한 번 드셔보세요"라며 깨운다. 호떡이라는 말에 귀가 번쩍 뜨인다. 먹어 말어 고심하다가 못 이긴 척 일어났다. 노릇노릇하게 구워진 모습이 보기만 해도 군침이 꼴깍 넘어갔다.

호떡이 주는 묘한 맛은 감칠맛에 있다. 숙성시킨 반죽에 땅
콩과 설탕을 듬뿍 넣어 구우면 계피 향과 함께 맛이 우러나
먹지 않고는 견딜 사람이 없다.

심야에 호떡을 먹으면서도 아내의 눈치가 느껴졌다. 30여
년 함께 살아온 세월의 무게가 그만큼 사랑으로 느껴진다.

"여보, 이 늦은 시간에 웬 호떡이에요? 당신도 이제 건강을 생각해야 해요."

내가 항상 답하는 말.

"아이고, 당신은 내가 날마다 먹는 것도 아닌데 왜 이럴까?"

"당신은 날마다 그래요. 항상 먹는 것 아니라고."

호떡이 목으로 넘어가다 그만 멈춰 섰다. 이것이 평생을 함께한 아내의 강력한 영향력이다.

선교 센터에 와보니 사탕이 지천에 널려 있다. 아이들에게 주기 위해 모아둔 건데 종류가 하도 많아 셀 수도 없다. 아이스 사탕, 수박맛 사탕, 달코미 사탕… 아이스바를 닮은 희한한 사탕이 있어 우리 선교 팀과 선교사 내외분도 입에 달고서 쭉쭉 빨며 다니는 모습이 가관이었다.

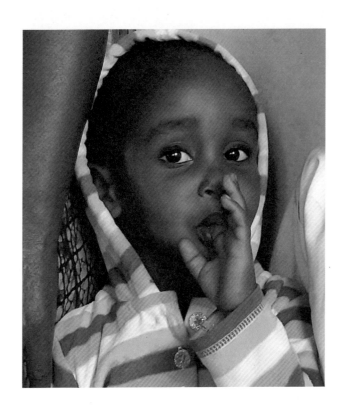

강 목사님도 예외는 아니었다. 은근히 중독성 있다며 앉은 자리에서 두 개를 연달아 쭉쭉 빨고 계신다. 설교할 때의 진지 모드는 어디로 가고 천생 어린아이의 모습이다. 사탕을 별로 좋아하지 않지만 다들 너무 맛있게들 먹고 있어서 하나 빨아볼까 입맛을 다셨다.

이때 아내의 CCTV는 꺼지고 성심병원 서성열 장로의 CCTV가 나를 비춘다. 평소 만나면 단 것 특히 탄산음료와 사탕은 절대로 먹지 말라고 당부한다. 나는 환자고 서 장로님은 의사이니 건강하게 살려면 의사 말을 잘 들어야 한다.

결국 사탕을 하나 빨고 싶은 유혹을 가까스로 이겨냈다. 사탕 맛을 느끼지 못해 약간 아쉽기는 하지만 장로님에게 "나 잘했지요?"라고 자랑할 수 있게 되었다.

호떡에겐 패하고 사탕에겐 승리했다.

—39

습관

한국 시간으로 7시가 되면 나의 의지와 무관하게 정확하게
잠을 깬다. 시차가 6시간이니 여기는 새벽 1시다.

오랫동안 몸이 기억하고 있기에 그 기억대로 행동하는 것
이다. 이것은 어쩌면 무섭고 두려운 일이다. 무의식이 의식
을 주도한다는 확실한 방증이다.

"죄를 끊고자 하되 마음대로 안 된다.

마음은 원이로되 육신이 원수로다.

습관을 한순간의 결심이 이길 수 없다" 등의 맥락에서 이
해하면 사람이 애당초 어떤 습관을 길러야 하는지 자명해
진다.

버릇이 습관이 되고 습관이 인격이 되며 인격이 사람의 운
명을 가른다.

모기장을 치고 잠자리에 들었는데도 그놈의 모기는 계속
윙윙거려 여간 거슬리는 게 아니었다. 그나마 다행스러운
것은 여기 모기는 한국 모기와는 달라 물려도 그다지 가렵
지 않고 참을 만하다. 모기도 탄자니아 사람들처럼 순진하
고 착한 모양이다.
일어나 살펴보니 모기장 구석 쪽에 호떡만 한 큰 구멍이 뚫
려 있었다.
그러니 밤새 윙윙거리고 물어댔겠지.

원인 없는 결과 없다.

_40

친구의 편지

"이 시간까지 안 자고 있는가, 아니면 새벽에 다시 깬 건가?
나는 자네가 새벽잠을 깰까 봐 답장도 안 하고 있었다네.
카톡 기도방에서 친구의 답글을 보고서야 나도 답을 쓰고
있다네.

자네는 탄자니아에서 기도하는데도 좋으신 우리 하나님은
한국에서 친구의 기도를 들어주셨구먼. 박 권사님과 다른
가족의 기도 응답일까? 일단 창민이 숭일고등학교 배정을
하나님께 감사드리고 진심으로 축하하네.

근데 자네 말대로, 글을 읽는 동안 내내 선교를 간 일행의 글이기보다는 수련회 간 사람의 글이라는 생각이 더 강하게 들어서 3~4일씩 다녀왔던 학창 시절의 수련회 추억이 떠오르네.

그 시절엔 아주 작은 감동에도 참 많이 울었는데, 지금은 마음이 메마른 굳은 땅으로 변해버렸으니 어찌하면 좋을까?

그래서 친구는 그 먼 길을 마다않고 눈물을 만나러 간 거겠지? 그런 자네가 귀하고 부럽다네.

그리고 걱정이 되어 말하는데, 혹시 평소에 알레르기 같은 게 있었다면 더더욱 조심하시게.

자네가 질 십자가는 여기저기 아직도 많이 남아 있으니 말 일세.

건강한 모습으로 돌아올 친구의 모습을 그리면서 오늘도 자네와 함께 탄자니아를 경험하려네.

사랑하고 축복하네."

친구의 글이 새벽 미명 잔잔한 감동으로 다가왔다.

이런 글을 받을 수 있음이 내게는 한없는 축복이며 위로이다.

탄자니아 반대편 한국에 있는 벗과 같은 시간에 글을 주고받을 수 있다는 사실도 꿈만 같다.

___41

기도

아침식사 기도를 했던 천주용 형제는 처음으로 대중기도를 했다고 한다.

"하나님 안녕히 계세요"라고 끝맺을 수 있을 법도 하건만 아주 완벽하게 마쳤다.
서당개 3년이면 풍월을 읊는다는데 단비교회는 석 달만 출석해도 유창한 기도가 가능하니 대단한 교회임이 분명하다.

_42

마중물

마지막 세미나 중 펌프질이라는 예화를 인상 깊게 들었다.

한 나그네가 길을 가던 중 매우 목이 말랐다.
마침 길가에 물통이 있었는데 안내문에는 이렇게 적혀있었다.
'이 통에 있는 물을 펌프에 남김없이 부은 후 힘껏 펌프질
을 해야 마실 수 있는 물이 나옵니다.
다 마셨다면 반드시 물통에 물을 가득 채워두고 가시오.'

만약 나그네가 이 글을 무시하고 자신만 물을 마셨다면 다
른 사람은 물을 마실 수 없었을 것이고, 그 역시 시원하고
좋은 물을 충분하게 마시지 못했을 것이다.

그리스도인으로 산다는 것은 육신의 눈에 보이는 펌프만 보
고 사는 것이 아니라, 펌프 밑에 지하수가 있다는 사실을 본
인도 믿고 남에게도 알리는 것이다. 그래야 펌프 옆에 놓인
바가지의 물을 두려움 없이 펌프에 부을 수 있기 때문이다.

아무리 펌프질이 힘들고 수고스러운 행위라도 그 수고를
통하여 나도 마시고 남도 마시게 하는 것이다.

그리스도인으로 산다는 것은 끊임없이 영적 펌프질을 하는
믿음의 도전이다.

펌프는 보이는 현상이다. 그러나 펌프 밑에는 엄청난 지하
수가 실재한다. 우리 눈에는 보이지 않지만 실존하는 현실
이다.

이것이 믿음이다.

보이지 않는 세계를 보이는 세계로 펌프질하는 일이다.

그것이 선교다.

43
부끄러운 고백 두 번째 이야기

사람을 의심하는 이 악한 죄상을 어떻게 해야 할까. 진짜 미치고 환장하겠다.

점심을 먹은 후 센터 앞에 쉬고 있노라니 선교 팀 자매들이 빨랫줄에 빨래가 사라졌다고 당황해하고 있었다. 예쁜 옷들이 널려 있으니 탄자니아 자매들이 슬며시 걷어갔겠지 하고 생각했다.

'선교사님이 아무리 큰소리치셨어도 별수 없구먼. 인간의 기본 욕구인 견물생심의 소유욕을 누가 말려. 탄자니아 사람이라고 다르겠어? 인간들 다 거기서 거기지 우리와 다를 게 뭐야.' 씁쓸한 미소를 지으며 안으로 들어왔다.

"어, 여기 걷어다 두었네?"
바람에 날려 땅에 떨어져 있으니 탄자니아 자매들이 가져
다 두었다.

'아이구 창피해라.'

의심과 불신으로 가득한 악하고 덜떨어진 이 인간을 도대
체 어이할꼬.
고개를 또 떨어뜨렸다. 쥐구멍을 다시 찾아봐야겠다.

'오, 주여, 의심 많은 이 죄인을 어찌하면 좋습니까.'

44

눈물의 세족식

의자에 앉아 있는 여성들의 신발을 벗기고 무릎을 꿇은 채 탄자니아 목회자들이 자기 아내의 맨발에 키스를 하고 있다. 오른발에 두 번, 왼발에 두 번. 여기저기서 훌쩍이는 소리가 들린다. 흐느끼기 시작하는 여인들.
그 눈물의 의미가 매우 크다.

소 몇 마리에 팔려온 그녀들. 하늘같은 주인들이 하인 같은 자신 앞에 무릎을 꿇은 채 발등에 키스를 하다니! 천지가 개벽할 일이다. 평생을 종처럼 살았는데 예수가 어떤 분이기에 그분을 만난 주인이 내 앞에 무릎을 꿇어 엎드린 채 발등에 키스하고 있단 말인가!

평생 밑에서 주인을 올려다보기만 했는데 신분이 바뀌
어 아내로 남편을 내려다보는 감동에 어찌 울지 않고 견
디리.

벗은 발을 대야에 담근 채 아내의 발을 씻겨 주는 남자들의 표정이 사뭇 진지하다. 발가락 사이사이를 정성스레 씻겨 주고는 센터에서 미리 준비한 수건으로 발을 닦고 새 양말을 신겨준다. 그런 후 자리에서 일어나 서로 뜨겁게 포옹한다. 오늘 탄자니아에서 본 눈물의 세족식 모습이다. 보는 내내 여러 상념에 잠겼다.

아내를 인격적인 한 몸으로 이해하기 매우 어려운 탄자니아의 문화 속에서 행해진 이 모습이야말로 앞으로 이 나라 여성 해방운동의 시발점이 될 것이다. 우리나라의 여권신장에 기독교가 영향을 미친 것은 따로 설명이 필요 없는 엄연한 사실이다.

오늘 같은 작은 나비의 날갯짓이 머잖아 탄자니아에 복음의 확산과 더불어 여권신장이 강력한 토네이도가 될 것을 믿는다.

이제 우리 선교 팀이 목사님들의 발을 씻길 차례다. 난생처음 해보는 세족식 그것도 시커먼 탄자니아인들의 맨발에 키스하고 발가락 사이사이를 정성 들여 닦아야 하는 미션은 결코 유쾌한 일은 아니다. 40년을 기독교인으로 살아온 나에게도 버거운 일이라는 사실이 현주소다.

'꼭 이런 보여주기 쇼를 해야 하나? 그런다고 뭐가 달라진단 말인가, 별걸 다하네. 아니지, 형식이 있어야 내용을 담는 것 아닐까? 다 임상실험을 해서 효과가 입증되니까 하는 거겠지, 뭐.'
순수하지 못한 나는 순간 머릿속이 복잡했다. 평생 잔머리만 굴리다 보니 이렇게 망가졌나보다.

좌측에는 사모님, 우측은 목사님이 진을 치고 있어 제대로 해야 할 것 같은 분위기가 되었다. 솔직히 억지로 엎드리고 억지로 맨발에 입을 맞추었다. 코를 찌르는 발 냄새가 너무 역해서 토할 것 같았다. 그런데 정작 해보니 해냈다는 성취감도 생겼다. 게다가 내가 씻겨드린 목사님의 발가락은 희한하게 생긴 기형이었다. 그래도 괜찮았다. 짧은 시간에 마음을 고쳐먹으니 할 만하다.

장모님이 늘 하시던 말씀이 있다.

"이 사람아, 어지간하면 뭐든 고쳐 써야 해. 사람도 고쳐 쓰면 언젠가 사람 노릇을 하는 걸세."

그러기에 나도 나를 고쳐 써야 하겠다.

남의 발을 이처럼 진지하게 닦아보긴 처음이었지만 잘해냈다. 숯덩이 같은 거친 발에 키스도 하고 정성껏 씻겼다. 현지 목사님은 양말도 없이 구두만 신었기에 거칠고 냄새가 심했지만, 그들의 마음은 나보다 천 배는 나을 것이다.

어찌 되었든 나는 해냈고 앞으로는 잘할 수 있을 것 같다.

나를 쳐다보는 그분의 눈을 오래도록 잊을 수 없을 것 같다. 천국에서 꼭 만나자고 약속이나 하듯 서로 포옹을 하고 헤어졌다.

어느새 내 눈가에는 뜨거운 눈물이 볼을 타고 흘러내렸다.

_____45

사랑의 선물

나는 탄자니아를 복음으로 변화시킬 기도의 사람들 250여 명의 손을 잡고 서로 축복을 나눴다.

지금까지 한꺼번에 가장 많은 숫자와 악수를 했다. 그것도 생면부지의 아프리카 탄자니아 사람들과 말이다. 그들의 순수를 담은 뜨거운 악수는 최고의 가치를 가진 선물이 되었다.

그들은 탄자니아 국기 문양의 스카프를 우리 팀원들에게 선물해 주며, 이 스카프를 할 때마다 탄자니아를 기억하고 기도해달라고 부탁했다.

물론이다.

사랑의 선물은 기도의 능력을 더했다.

46

미래를 준비하는 사람

센터 입구 왼편을 보니 작은 묘목 수천 그루가 심어져 있다. 무슨 나무인지 물어보니 센터가 30년 후에 사용할 목재란 다. 지금 심어두어야 후일에 적절하게 사용할 수 있기에 다음 세대를 위해 미리 준비하고 있다고 한다. 다 성장한 나무 한 그루의 가치는 한국 돈으로 20만 원 정도라고 하니 천 그루만 잡아도 얼추 2억이다.

한국도 '다음 세대'란 말을 유행어처럼 사용한다. 그러나 다음 세대를 위해 무엇을 준비하느냐고 냉정하게 따져보면 안타깝지만 "없다"는 말이 정답이다.

교회들은 그저 은행 대출 얻어 앞으로 애물단지나 될 예배당 건축에만 혈안이 되어 있다.

누가 더 크고 더 화려하고 더 웅장하게 짓는지 치열하게 경쟁 중이다. 이게 다음 세대를 준비하고 있다는 한국교회의 민낯이다.

조병훈 선교사의 나무 심는 마음에서 다음 세대를 향한 진정성을 볼 수 있었다.

어제는 특별한 시상식을 경험했다. 과실수를 심어 가장 많이 수확한 목회자 4명에게 한화 25만 원씩 상금을 수여했다. 조 선교사의 선교 철학이 담겨 있는 모습이다. 빈곤한 탄자니아 사람들의 1년 생활비와 맞먹으니 상금치고는 거액이다.

글을 쓰다 보니 '나무 심는 사람들'의 진짜 주인공은 조병훈 선교사라는 생각이 들었다. 묘목이 무럭무럭 잘 자라서 탄자니아의 미래를 세워가는 큰 기둥이 되길 희망한다.

'그래서 너는 뭐 할 건데? 희망 타령만 하고 있을 거야?'
내 속에 있는 또 다른 내가 나에게 묻는다.
"알았어, 내년 시상금 전액 지원하면 되잖아."

Good idea!

___47
원주민을 보여달라

죽은 글 말고 살아 있는 글을 보여달라는 원성이 자자하다. 고등학교 동창 익만 친구의 강력한 요청을 오늘에서야 들어주게 되었다.

탄자니아의 민낯을 원한다는 것이다. 세미나 장소에서 찍은 정형화된 사진 말고 TV에서 본 자연스러운 모습을 보고 싶단다. 나도 그렇게 하고 싶다.

한국 같았으면 이미 폐차를 두어 번은 했어야 할 25인승 버스를 타고 출발 중이다.

사탕을 처음 먹어보는 아이들을 만날 수 있고, 풍선이 무엇인지 바람개비가 어떻게 돌아가는지 모를 아이들을 위해 잔뜩 준비하고 간다.

광활한 초원 풍요로운 대지, 입이 다물어지지 않는다.

여기가 아프리카 대륙의 탄자니아로구나!

가슴이 뻥 뚫린다. 가도 가도 끝이 없는 흙먼지 길 뿌연 먼지도 마냥 정겹다.

전봇대만 한 선인장의 손 인사는 가시조차 잊게 만든다.

내 마음을 만지는 탄자니아의 대자연은 하나님의 사랑이다.

평화로이 풀을 뜯는 소떼들이 황색 물결을 이룬다.

'아웃 오브 더 아프리카' 그 영화 속을 나는 힘껏 달리고 있다.

내 생에 주어진 황홀한 선물, '체인지 라이프 투어'는 내 삶의 지팡이가 되었다.

남은 삶, 탄자니아에서 선물로 받은 지팡이로 주어진 길을 천천히 감사함으로 걸어가야겠다.

가다가 지치면 지팡이에 의지해 쉬었다 가야겠다.

달리길 잠시 멈추고 영혼이 따라오길 기다렸다 함께 간 인디언처럼 나도 그리하리라.

'너는 무엇을 위해 정신없이 앞만 보고 달려왔는가?'

탄자니아의 자연이 지금 나에게 묻고 있다.

간간이 집들이 보인다. 글쎄, 집이라고 말하기가 좀 어색하다.

아마 TV를 통해서 아프리카에 관한 정보를 얻지 못했다면 도저히 믿지 못했을 것이다.

바위에 앉아 우리를 쳐다보는 소년은 무슨 생각을 하고 있을까?

좌우에 넓은 옥수수밭이 우리를 반긴다.

비와 바람과 햇빛만 피하면 훌륭한 집이다.

차창 밖으로 들개 한 마리가 보인다.

___48
탄자니아에서의 라면 맛

가라투에서 3시간가량 비포장길을 달려왔다.

우기가 되면 폭우가 집중적으로 내리기 때문에 도로가 강으로 변해버린다.

울퉁불퉁 버스가 요동치니 간이 붙었다 떨어지길 수없이 반복하여 정신마저 나갔다 들어왔다 했다.

이곳 막내찬 지역에 도착하자마자 베이스캠프로 텐트를 차렸다.

버스가 우리를 하도 흔드는 바람에 소화를 재촉해 아침 먹은 뱃속을 완전히 비워버렸다.

오늘 점심으로 준비한 음식은 메이드인코리아 라면이지만 이건 단순한 한국 라면이 아니었다.

탄자니아 최고로 탈바꿈한 라면이 되어 우리를 황홀하게
만들어주었다.
배식을 담당한 강 목사님의 탁월한 배식 실력으로 우리 모
두 만족했으니 또 다른 오병이어의 현장이었는지 모른다.
아내가 챙겨준 자일리톨 껌과 간단하게 양치할 수 있는 가
그린을 챙겨준 섬세한 정성에 모두가 행복했다.

_49

걱정 말고 가거라

선교사님이 통역하다 말고 말없이 눈물을 훔친다.

설교를 듣고 있던 이들은 위로와 격려를 담아 힘껏 박수를 치며 그를 위로한다.

강사인 강 목사님이 이사장으로 있는 병원에서 있었던 일화를 소개할 때다.

브라질 어느 지역에 선교사로 떠나는 아들이 연로한 아버지를 노인 요양병원에 두고 떠나면서 나눈 대화였다.

"아버지, 건강하셔야 합니다. 제가 다시 올 때까지 안녕히 계십시오."

"아들아, 괜찮다. 걱정 말고 어서 가거라."

"아버지, 혹시 제가 생전에 못 뵈어도 천국에서는 꼭 뵐게요."

선교사님은 이 부분을 통역하면서 본인의 이야기일 수 있으니 감정이 북받쳐 올랐던 것이다. 20년 넘게 탄자니아에서 사역에만 매달렸으니 어찌 안 그렇겠는가!

조 선교사님의 아버지 조동윤 장로님은 광주 새순교회 은퇴장로로 지금도 봉직하고 계신다.
듣는 나도 마음이 아프고 저렸다.
주여, 위로하옵소서.

이 땅의 선교사들이 짊어지고 가야 할 사명이자
고귀한 십자가다.

50

잃은 양

아이들이 양 떼처럼 몰려온다.

한국인으로서 부럽다.

평균 한 가정당 5명에서 8명 정도를 낳으니 우리와는 비교할 수도 없다.

사탕과 풍선은 어린아이들에게 최고의 선물이다. 어른이라고 예외는 아니다. 그러나 달콤한 사탕보다 더 달콤한 진짜를 소개하고자 우리 모두는 지구 반대편에서 여기까지 날아왔다.

한 아버지가 자녀들을 멀리 심부름 보내면서, 위험한 길 안전하게 돌아오라고 형제 중 한 명에게 손전등을 들려주었다.

그런데 그 한 자식이 나머지 형제들은 내버려둔 채 손전등
으로 자기 혼자 어두운 길을 비추면서 집으로 돌아왔다.

그 모습을 본 아버지의 마음은 어떨까? "너라도 돌아와서
기쁘고 좋구나"라고 했을까?

결코 그럴 리 없다. 99마리 양보다 1마리 잃은 양 찾으시는
목자의 심정이 예수 그리스도의 마음이다.

우리는 구원받아 즐겁고 행복하다. 그러면 우리만 갈 것인가, 형제와 같이 갈 것인가?
이 물음에 우리는 답할 수 있어야 한다.

순종함으로 아버지의 마음을 헤아렸다.
지구 반대편 탄자니아 카라투 막내찬 오지까지 오기를 주저하지 않았다.
직장도 가정도 설 명절도 잠시 내려놓았다. 어리석은 행동일지도 모른다. 그러나 이러한 어리석음이 지혜 있는 자를 부끄럽게 만든다.
성경은 이를 우리에게 말씀하고 있다.
"함께 데려오라, 내 집을 채우라"는 주님의 간절한 음성에 그저 반응했다.
아이들을 만나보니 맨발이 절반이 넘었고 떨어진 옷을 입었다기보다는 그냥 몸에 걸친 수준이었다.
그러나 그들의 반짝이는 눈이 이렇게 말한다.
'우리를 구원하소서.
한국의 형제들이여, 우리를 주님께로 인도하소서.'
그 애타는 눈길을 어이 회피하리.

그래서 선교사들은 생명을 타국 땅에 바칠 각오를 다지며
오늘은 이곳, 내일은 저곳, 주 복음을 온 땅에 전하고 있는
것이다.

아득한 나의 갈 길 다 가고 저 동산에서 편히 쉴 때
내 고생하는 모든 일들을 주께서 아시리.
빈들이나 사막에서 이 몸이 곤할지라도
오 내 주 예수 날 사랑하사 날 지켜주시리.

51

전도

우리 팀의 목적은 선교사의 사역을 지원하고 선교지에 함께 가서 복음을 소개하며 현지인들을 위해 기도하고 주님을 알게 하는 것이다.

뙤약볕 맨땅에 앉아서도 그들은 그저 즐겁고 기쁘게 우리를 쳐다보며 신기해한다.

낯선 모습에 눈이 호강한다. 그들의 영혼까지 호강하길 바란다.

해가 지고 어둠이 내리면 영화를 상영할 것이다. '동물의 왕국'과 '하나님 나라'에 대한 짧은 영화다. 의외로 반응이 좋아 소기의 성과를 거두고 있다.

하나님을 아는 사람이 많아지면 지역이 변하고 민족이 바뀐다. 이미 역사적으로 증명된 사실이다.

내일은 아프리카 복음의 아버지 리빙스턴의 사적지를 방문한다.

한 사람의 희생이 얼마나 위대한 힘을 가지는지 알고 있다. 그러기에 포기하지 않고 전진해야만 한다. 작은 사명을 귀하게 감당하는 자가 큰일도 할 수 있다.

'네가 작은 일에 충성하였으니 큰 것을 주겠노라.'

"주여, 내 잔이 넘치나이다. 이제 고마 됐습니다."

강 목사님의 경상도 버전으로 기도를 마친다.

_52

영화 상영

해는 져서 어두운데 아이들은 집으로 돌아가지 않고 우리 주위를 맴돌고 있다.

"선교사님, 애들은 언제 집에 가서 밥을 먹고 오나요?"

물으니 그냥 웃는다. 잠시 머뭇거리다가 대답한다.

"집에 가봐야 먹을 것이 없으니 안 가고 그냥 있어요."

더 이상 할 말이 없다.

아쉽게도 아이를 부르는 엄마의 목소리는 단 한 번도 들리지 않았다.

가난은 임금님도 어쩔 수 없다지만, 21세기 온 세계가 풍요에 빠져 먹을 것이 넘쳐나는데, 아프리카 탄자니아 땅의 아이들은 도대체 어찌해야 할까?

뼈만 앙상하게 남은 아이들에게 영화 상영이 무슨 의미가 있으며 배고파 죽을 지경인데 전도가 제대로 되겠나. 다소 맥 빠진 회의감이 든다.

그래도 이들에게 복음이 전해져야 한다.

'동물의 왕국' 이 한국말로 들린다. 탄자니아 말이어야 하는데 몹시 아쉽다.

마을 운동장에 모인 어른 아이 할 것 없이 삼삼오오 짝을 이뤄 재미있게 보고 있다. 영화를 관람하는 표정이 사뭇 진지하다.

자국 탄자니아의 국립공원 세렝게티에서 촬영한 필름인데도 이곳의 아이들은 처음 보는 매우 흥미로운 내용이다.

이들이 잠시라도 배고픔을 잊을 수 있는 시간이다. 빵이라도 하나씩 쥐어주면 참 좋으련만 거기까지는 손이 미치지 못한 모양이다.

앞으로는 빵을 준비하여 배를 채운 후 영화를 관람할 수 있었으면 좋겠지만 다른 이유가 있을지도 모르겠다.

내일이 일요일이니 마을 교회에 나오면 주려고 그럴 수 있다. 그러고 보니 차 안에 빵이 가득 있긴 했다.

주위를 둘러보니 사람들이 더 많아져 운동장이 가득 찼다. TV도 라디오도 컴퓨터도 없는 곳에 이처럼 신기하고 놀라운 볼거리가 왔으니 얼마나 신나고 좋으랴.

이들에겐 진짜 재미있는 시간일 것이다.

'동물의 왕국'이 끝나자 천국과 지옥에 대한 영화를 시작한다. 이쪽 문화는 샤머니즘과 무당 세력이 강하기 때문에 영화 방향을 그쪽으로 잡아, 구원은 그런 데 있지 않고 그리스도께 있다는 내용 같았다.

하늘을 올려다보니 별이 가득하다.

저 별들이 갑자기 빵이 되어 만나처럼 쏟아져 내린다면 얼마나 좋으랴.

—— 53

하룻밤 텐트

사서 고생하는 방법 중에는 여행이 으뜸이다.

'집 떠나면 개고생'이란 말을 실감할 수 있다.

오늘 텐트 치고 잠을 자는 곳은 탄자니아 가라투 막내찬 지역 예배당 시멘트 바닥이다.

가글로 양치를 대신하고 물수건으로 세안을 했다.

전기도 없으니 손전등을 사용한다.

이 정도면 불편의 끝판 왕이다.

영화 상영을 마치고 돌아오니 10시가 거의 다 되었다.

여기에서는 카톡마저 할 수 없어 완벽하게 세상과 단절이다.

하늘에는 별만 가득

땅에는 암흑만 가득이다.

불편은 감사를 불러오고

불평은 감사를 쫓아낸다.

탄자니아를 벗어나 한국으로 돌아가면

온통 감사로 주단을 깔 것 같다.

모든 것을 감사하고 싶다.

전기가 있어 감사하고
수세식 화장실이 있어 감사하고
슈퍼마켓이 있어 감사하고
핸드폰을 자유롭게 사용하여 감사하고
TV를 볼 수 있어 감사하고
신문을 읽을 수 있어 감사하고
라디오를 들을 수 있어 감사하고
아내와 같이 있을 수 있어 감사하고
아이들과 언제고 만날 수 있어 감사하고
자가용을 타고 운전할 수 있어 감사하고
말을 자유롭게 할 수 있어 감사하고
먹고 싶은 음식 사 먹을 수 있어 감사하고
내 마음대로 행동할 수 있어 감사하고
쾌적한 내 방에서 잘 수 있어 감사하고
적어놓고 보니 탄자니아 오기 전에는
모두 당연하게 누렸던 것들이다.

불편해야 감사할 수 있다는 말은 진리이다.

불편 찾아 탄자니아로 날아온 보람이 있다.

오늘 일정은 불편의 정점에 있었다.

정점이 있으면 저점도 있는 법

며칠만 버티자.

버티는 자가 승리한다.

텐트는 덥고 답답하다. 깜박 잊고 모기장 환기창까지 잠그고 있었더니 찜질방이 따로 없었다.

진즉 좀 열어둘 걸 숨통 막혀 죽을 뻔했네,

이럴 줄 알았으면 가끔씩 텐트 생활을 재미로라도 해볼 걸.

요즈음 캠핑도 유행이라는데 이렇게 경험도 했으니 한국 가면 시도해 보리라.

아내는 대찬성일 것 같다.

옆 텐트에서는 뭐가 신나는지 도란도란 이야기 소리가 별빛을 가른다.

나이 든 나는 이번 여행에서도 가급적 젊은이들 사이에는 끼어들지 않았다. '낄끼빠빠'를 잘해야 대접받는 어른이 된단다. 입은 닫고 지갑은 여는 거란다. 탄자니아 올 때 저녁 식사 샀고 세미나 끝나고 리조트에서 커피 샀고 광주 갈 때 저녁만 사면 나잇값은 하는 것 아닐까.

어찌 되었든 참 좋다. 젊은 친구들과 어울려 생활하다 보니 더욱 젊어진 것 같다. 다만 어른으로서 본을 보여야 하는데 좋은 점수를 받고 있다 자부하진 못한다.

이 밤이 지나면 탄자니아에서의 첫 주일이자 마지막 주일이다.

흑진주 같은 아이들과 다시 만날 생각을 하니 어서 새벽이 왔으면 좋겠다.

모두 굿나잇.

_____54

별

밖이 시끌시끌하다.

호호 하하 웃음소리가 예사롭지 않다.

무엇이 그리 재미진가 하고 텐트를 열어젖히고 나가보니 세상에! 나만 빼놓고 자기들끼리 별을 배경으로 사진을 찍느라 정신이 없었다.

안 그래도 어찌하면 탄자니아의 별을 담아 갈까 고심했었는데 기회가 왔다. 그동안 우리를 도와주던 정현우 수습 선교사가 알고 보니 사진 전문가였다. 그간 그가 찍었던 사진을 보던 우리 팀은 환호성을 질렀다. 사진 실력이 예사롭지 않았을뿐더러 하나하나가 모두 예술작품이었다.

아니, 그런 솜씨를 갖고 있었다니! 사람은 겉모습으로 판단
하면 안 된다는 확실한 교훈을 얻었다. 미안한 표현이지만
사람까지 확 달라 보였다. 역시 실력이 있어야 대접받는다
는 것은 만고불변의 진리이다.

마침 나도 찍을 수 있는 기회를 얻어 한 컷을 얻어 찍었다.
두말할 것 없이 멋있는 작품이 되었다. 나야 인물이 뻔하지
만 탄자니아의 별은 제대로 찍혔다.

참깨와 캐슈넛 몇 봉지 선물로 사서 한국에 가져가려고 했는데 탄자니아의 아름다운 별을 앵글에 담아 갈 수 있다니, 이건 정말 행운이다.

알퐁스 도데의 〈별〉이란 글이 생각났다.

도데도 아마 이런 별을 쳐다보면서 글을 썼을 것이다. 그랬기에 불후의 명작이 탄생하지 않았을까 싶다.

탄자니아에 와서 잊지 못할 두 가지가 있다면 흑진주 같은 아이들의 미소와 금방이라도 쏟아져 내릴 것 같은 밤하늘 별들이다.

누군가는 아이들 귀엽다고 주머니에 살짝 넣어 오라고 했지만 나는 주머니마다 별을 가득 담아 가고 싶다. 어서 사랑하는 사람들의 손에 꼭 쥐여주고 싶다.

55

새벽 닭

"꼬기요!

또 끼여!

꼭 끼여!"

탄자니아의 닭 우는 소리가 마치 나에게 말하는 것 같다.

처음에는 "꼬기요" 하며 담양 우리 집의 닭 우는 소리로 들
리더니 "또 끼여"라고 어디엔가 끼라고 하는 것 같다. 그러
나 자꾸 반복해서 이렇게 외친다.

"꼭 끼여, 꼭 끼여, 꼭 끼여!"라고.

불현듯 강 목사님의 요한계시록 강의가 생각난다.

허다한 무리, 십사만 사천, 흰옷 입은 무리, 그 안에 너는 반드시 끼어서 오라는 성령님의 강력한 메시지로 들리는 것은 너무 영적인 해석일까?

목사님이 강의하신 내용 중 위의 세 단어가 하나의 뜻인 것만 알았다고 해도 이단은 많이 줄어들었을 것이라는 말씀에 동의한다.

사람에게서 나오는 말이 중요하지 말하는 사람의 의복의 형태나 색깔이 중요한 것은 아니다.

그러나 많은 사람들은 계시록을 해석할 때 본질은 외면하고 비본질에 매달려 옷 색깔로 말하는 사람의 인격을 판단하는 엉터리가 된다.

오늘 새벽 닭 우는 소리가 특별한 의미가 되어 귓전에 들렸던 것도 내게는 말할 수 없는 큰 은혜이다.

"꼭 끼어! 꼭 끼어!"

장닭이 다시 한 번 크게 외친다.

──56
마음의 수술

새소리가 이렇게도 아름다운 것이었던가.

스치는 바람에 이렇게도 부드러운 감촉이 있었던가.

볼을 만지고 가슴을 적시며 심장을 관통한다.

주님은, 새들의 노랫소리로 더러워진 내 귀를 씻어주시고

주님은, 바람을 보내 죄로 더러워진 마음을 청결하게 하신다.

주님은, 탄자니아의 사람의 순수한 자연과 영혼들을 보게 하므로 눈까지 깨끗하게 하시니

완벽한 수술로 이전보다 쪼금 나은 사람이 되게 하시려나 보다.

사람들이 맨발로 걸음이 자유롭게 보이고
누더기 옷을 걸치고 다녀도 흉이 되지 않음은
그들의 마음이 나보다 천 배 만 배나 낫기 때문이다.
탄자니아 이들은 나의 스승이 되었다.

바람이 뒤에서 불어 나를 감싸고 있다.
'나의 등 뒤에서 나를 도우시는 주
나의 인생길에서 지치고 곤하여
매일처럼 주저앉고 싶을 때 나를 밀어주시네.'
복음성가 가사가 떠오른다.

새벽에도 한바탕 왈칵 눈물이 쏟아져 내렸다.
나이 든 여인의 경수가 끊어진 것처럼 나의 눈물샘도 영원
히 말랐다 여기고 살았다.
하지만 불편을 자초하고 함께한, 나를 찾아가는 여행을 통
해서 말랐던 눈물의 옹달샘을 선물 받았다.
샘이 마르지 않도록 고운 마음, 정직한 삶, 가족과 이웃에
대한 긍휼을 잃지 말아야겠다.

얼마나 걸었을까,

눈앞에 매우 예쁜 예배당이 보인다.

걷다 보니 다른 마을까지 와버린 모양이다.

너무 멀리 온 것 같다.

다시 돌아가야지.

다시 돌아가야지.

왔던 곳에 꼭 끼어서 다시 돌아가야 해.

57

글 감옥

《아리랑》의 작가 조정래에게 누가 물었다.

"선생님은 어떻게 그렇게 많은 글을 쓰실 수 있습니까? 무슨 특별한 방법이라도 있습니까?"

"감옥에 갇히면 됩니다. 스스로 글 감옥에 갇히면 뭐가 돼도 됩니다, 허허."

인터뷰 장면이 떠오르면서 나도 백배 공감한다.

탄자니아에 갇혀 있는 동안 지금까지 55개의 제목을 붙인 글을 썼다.

전부 다 맘에 들었다면 스스로 속이고 독자들도 속이는 것이지만, 읽고 또 읽고 싶은 몇 개의 글도 존재한다.

나는 지금 매우 힘들다.

짐작하시겠지만 온 마음이 수술 상태이다.

가슴이 먹먹했다가 시원하다가

급격히 슬프다가 외롭기를 반복한다.

일행들은 분주하게 움직이는데 어줍지 않은 글이랍시고 쓰는 것에 몰두해 있어 마음으로 깊은 교제를 하지 못하고 있어 팀원들에게 미안하다.

그러나 다들 이 글을 읽고 난 후 내 마음을 좀 이해했으면 좋겠다.

해가 많이 솟았다.

지나가는 탄자니아 소녀와 손을 들어 반갑게 인사를 했다.

58

염소 1

염소야 제발 돌아오지 말아라.

멀리멀리 도망가서 우리가 떠나면 돌아오거라.

바라고 바랐건만 우리 팀 일행의 간절한 소원은 외면당했다.

무슨 말이냐고?

우리가 교회를 방문했다고 기어이 염소를 잡아 식탁에 올린단다.

그런데 잡아매어둔 염소가 도망을 쳐서 잘됐다고 한 것이다. 하지만 웬걸, 그만 잡혀와 염소의 운명은 오늘 끝이 날 판이다.

내 룸메이트 김병갑 형제가 이런 말을 했다.

"우리 덕분에 여기 성도님들도 맛있게 먹을 수 있는 것 아닐까요?"

아, 거기까지는 생각이 미치지 못했다.

우리는 미안하기도 했고, 좀 더 솔직하게 말하면 염소 요리는 잘하지 못하면 특유의 냄새 때문에 먹기 힘들기에 거절했던 것이다.

허나 정말 큰일이다.

맛있게 먹지 않으면 성도들이 얼마나 섭섭해 하겠나.

먹자니 맛이 없을 테고 안 먹자니 섭섭해할 것이니 진퇴양난 입장 곤란, 큰일이다.

방법은 딱 하나, 염소 요리가 맛있어서 우리 팀이 몽땅 먹어치우는 것일 텐데 그럴 일은 아마도 힘들 것 같다는 믿음이 생긴다.

이런 믿음은 없는 편이 더 나은데 말이다.

"매에 에, 메에 에."

염소가 애처롭게 죽어가는 소리가 들리는 듯하다.

—59

염소 2

예배를 드리는 동안에도 예배당 건너편에서는 염소가 우리를 위해 가마솥에서 부글부글 끓고 있었다.

"음매 음매"가 변하여 "부글부글"로 고통의 소리가 들렸다.

3시간 정도의 예배가 한바탕 끝나고 우리 일행은 큰 나무 아래 벤치로 초대되었다.

언제 우리가 한국에서 이런 융숭한 대접을 받아본 적 있었으며 탄자니아 부족 교우들에게 극진한 대우를 받으리라 상상이나 했었나.

어젯밤 텐트를 치고 잠을 잤고 아침엔 주먹밥으로 끼니를 해결했으니 배가 많이 고프지만 어느 누구도 배고픈 표정을 보이지 않았다.

"음식을 안 먹거나 남기면 이곳 성도 분들은 몹시 섭섭해하니 가능한 많이 드셔야 합니다."
조병훈 선교사의 엄중한 주의가 있었기에 우리는 떨리는 심정으로 조심스럽게 고기를 그릇에 담기 시작했다. 서로 눈치를 보면서 얼마 정도 담아 가나 힐끗 힐끗 쳐다보았다.
거친 요리로 식욕도 떨어졌지만, 아침에 한바탕 난리를 친 염소가 저렇듯 솥단지에 담겨 눈앞에 떡 버티고서는
"내가 아까 그 염소올시다. 나를 맛있게 드시고 가시기 바라오. 매에."
오메! 이런 생각을 하게 되니 누가 감히 냠냠거리며 먹을 수 있겠나.

한 사람 한 사람 접시를 들고 음식을 퍼서 그릇에 담아 가 조심스럽게 맛을 보았다. 염소에 감자와 바나나를 넣고 끓인 수프, 튀긴 고기, 양념 고기 세 종류로 요리를 했으니 보통 정성이 아니다.

"이렇게 했는데도 안 드시면 사람이 아니지. 암, 그렇고말고, 그럼 그럼."
마음의 귀는 그 소리를 듣고 있었다.

그때 누군가 한입 먹고는 말했다.
"대박! 대박 맛있어요. 냄새는커녕 향도 좋아요."
음식은 곧바로 인기 짱이 되었다. 맛있게 먹는 모습을 바라보는 막내찬교회 목사님은 연신 좋아 싱글벙글이다. 아이고, 십년감수했다. 사랑은 염소고기를 맛있게 먹고서야 확인이 되었다.
신아름 자매는 도망쳤다 다시 잡혀간 염소와 하필 눈이 딱마주쳤단다. 염소의 그 눈동자가 자꾸만 떠올라 죄송한 마음으로 기도를 드리고서야 먹었단다.
'오 주여, 불쌍하게 죽은 염소를 먹어야 하는 저를 굽어 살피시옵소서.'

대접받기가 이렇게 힘들 줄이야 예전에는 미처 몰랐다.

60

패션

패션의 끝판왕!

"와! 우와!"

아름다운 패션을 본 우리 팀원들이 탄성을 지른다.

탄자니아는 색채가 아름다워 어디를 찍어도 예쁜 사진이 연출된다.

누군가 패션왕 옆에서 포즈를 잡아 사진을 찍는다.

마침 바람이 알맞게 불어와 한껏 폼을 낸 옷자락이 펄럭이며 하늘하늘 나부낀다. 탄자니아의 자연과 어우러져 더욱 고운 자태가 되었다. 어깨에 둘러멘 우쿨렐레는 한층 멋을 더했다.

누군가는 그 모습을 바라보며 입이 귀에 걸렸다. 마누라 없이 혼자인 나는 갑자기 不雙불쌍한 사람이 되었다.

엄청난 패션의 주인공은 바로 단비의 말 없는 봉사자 사모님이다.

늘 말없이 엷은 미소만 지으시는 사모님인데 오늘은 완전히 반전이다.

말은 적게, 그러나 옷은 아름답게.

그리하여 지어드린 새 별명은 패션의 끝판왕이다.

_61

애마 로시난테

버스의 범퍼도 없애버렸다.

험로를 다녀야 하는 버스에는 범퍼마저 방해가 되기 때문
이다.

굴러가면 되는 차. 어디로 가도 되고 어떤 곳도 갈 수 있는
버스. 돈키호테의 애마 로시난테처럼 엉뚱하지만 말 잘 듣
는 버스.

그는 탄자니아 선교의 일등공신이다.

복음을 위한 길이라면 달려갔고 길이 없는 곳은 만들어갔
다. 겉모습은 형편없어 수명을 다한 것 같지만 속은 아직
청춘이다. 때때로 버스는 극장이 되었으며 식당도 되고 안
락한 침실이 되기도 했다.

그리고 어떤 때는 기도하는 예배당이 되었다.

이 버스는 운송수단 이상의 의미를 지니고 있다.

언젠가는 사명을 끝내고 역사 속으로 사라질 때가 오겠지만 그래도 우리가 기억하고 있을 테다.

우리도 우리의 사명을 끝내고 역사의 뒤안길로 사라질 때 주님이 기억해 주시면 족하겠다.

버스는 또 다른 우리의 모습이다.

함께하는 동안 많은 상념에 사로잡혔다.

비록 생명 없는 운송수단인 기계에 불과하지만 오늘 아침 이 버스에 느끼는 감정은 남다르다.

수고가 많았다.

사랑한다, '로시난테.'

62

즐거운 예배

탄자니아 막내찬의 지역인 원주민 교회에서 주일예배를 드렸다.

40년 신앙생활 중 가장 '해피한 예배'를 즐겼다.

드렸다고 표현해야 신학적으로는 옳은지 모르지만 적어도 오늘 나는 생애 처음 예배를 즐긴 죄를 범하고 말았다.

사람들은 부모님 회갑잔치를 드렸다 말하지 않고 즐겼다고 말한다.

예배는 축제, 곧 잔치가 아닌가. 경직되어 있는 한국식 예배는 틀렸고 흥겨운 아프리카식 예배가 옳다고 주장하는 것이 아니다.

다름의 차이겠지만 적어도 오늘 느낀 솔직한 감정은 형식적인 예배가 아닌, 삶을 하나님과 나누는 역동성으로 충만했다.

춤추고 노래하고 말씀 듣고 자유롭다. 예배당 뒷자리에 앉아 있다가 맨 앞자리로 옮겨간 내 모습이 말해주고 있다.

문화의 차이가 있음을 나라고 왜 모르겠는가.

하지만 지금 한국교회의 예배 형태가 누구 중심으로 흘러가고 있는지 살펴볼 필요가 있다.

예배자인지 예배의 대상인지.

나는 누구여야 함이 아니라 예배자와 예배 대상인 둘이 동일하게 함께해야 옳다고 생각한다.

그런 면에서 아프리카 탄자니아 식의 예배 모습도 참조하면 좋겠다.

무엇보다 크게 느낀 것은 예배의 자유로움이었다.

경박을 말하는 것은 절대 아니다. 자유와 방종이 다르듯 자유와 경박도 완전히 다르다.

예배를 재미로 드리자는 것은 아니지만 지금같이 담임목사의 주도로만 진행된다면 다음 세대로부터 외면당할까 우려된다.

탄자니아 교회의 예배 모습은 함께 어우러져 예배자 모두에게 생명력이 전달된다.

외국인인 내가 행복한 예배로 느꼈다면 적어도 나에게 있어서는 성공적 예배다.

솔직히 말해 다음 주일의 예배를 간절하게 기다리는 오늘날 한국의 성도가 몇이나 되겠는가?

억지춘향에는 한계가 있다.

_____ 63

마사이족 예배당

나는 지구상에서 가장 아름다운 예배당에 다녀왔다.
천국에도 예배당이 있다면 아마 그런 곳이 아닐까 싶다.
우리가 즐겨 사용하는 '本鄕본향'이라는 단어가 마사이족이
사는 언덕을 오르는 동안 내내 腦裏뇌리에 떠오른다.

내 본향길 가는 길 보이도다
인생의 갈 길을 다 달리고
땅 위의 수고를 그치라 하시니
내 앞에 남은 길 오직 저 길

주 예수 예비한 저 새집은

영원히 영원히 빛나는 집

거기서 성도들 즐거운 노래로

사랑의 구주를 길이 찬송

찬송가의 가사가 그런 영향을 준 것 같다.

산을 넘고 또 산을 넘어 응고롱고로의 마사이족을 찾아 여

러 시간을 내달렸다. 길이 없는 벌판을 차가 길을 내면서

가는, 신기하기만 한 험도 운전을 경험했다. 상상 속의 차

가 있다면 이곳의 사륜구동 지프일 것이다.

사자를 한 손으로 때려잡는다는 용맹한 부족 마사이 사람들은 키가 일반 탄자니아인보다 훨씬 크다. 남자가 부인을 40명까지 둘 수 있다는 것을 알고는 정말 놀랐다.

그러나 창 하나 든 채 바람같이 초원을 누비며 특유의 괴성을 지르고 짐승을 사냥하는 모습은 이미 사라진 지 오래다. 우리가 미디어를 통해 학습한 마사이족은 이제 없다.

나 역시 이런저런 상상을 하고서 마사이 마을을 찾았으나 상상 속의 신비로운 모습이 아닌 것에 실망이 아닌 다행스러움을 느꼈다.

그들의 모습이 더 이상 세인들의 눈요깃감이 되어서는 안
되기 때문이다. 그러기 위해 선교사들이 복음을 들고 그 먼
곳까지 찾아간 것이다.

따뜻한 미소와 친절한 모습을 보면서 혹시 이들이 영화 속
배우들은 아닐까 생각도 했다. 그러나 그들을 보는 순간 얄
팍한 연민은 사라지고, 저들 속에 그리스도의 영이 함께한
다는 사실이 그저 경이롭기만 했다.

나는 구경꾼으로 그들 앞에 섰지만 그들은 우리를 그리스
도 안에서 따뜻한 형제로 영접해주었다.

10여 년 전 교회가 세워졌고 현재는 80여 명이 옹기종기 모여 예배를 드리고 있었다.
마사이족 언어가 탄자니아 어와 달라 두 사람이 통역을 했지만 내용은 충분히 전달받았다.

목사는 술과 담배와 여자 문제가 해결되지 않으면 목사로서의 직임을 수행하지 못하게 하고 발견 즉시 추방한다니 보수적이라 해야 할지 진보적이라 해야 할지 난감했다.
일부다처제를 수용하는 마사이족이기에 능력이 허락된다면 여자를 여럿 둘 수 있다.

그러나 현 마사이족 목사는 일부일처를 고집한다. 그 이유
는 성경이 그렇게 하라고 하기 때문이란다.

문명의 혜택을 받지 못해 무식하다고, 인간 이하의 취급을
했던 마사이 부족의 믿음과 지금 우리나라 교회들의 믿음
을 비교해 보라.

마사이 부족의 교회를 세상에서 가장 아름다운 교회라고
한 이유는 두 가지인데 첫째는 장소의 아름다움이요 둘째
는 정신의 아름다움이다. 광활한 초원의 양지바른 언덕에
맨땅에 판자로 예배당을 지어 예배하는 모습과 목회자와
성도들의 철저한 자기부정과 도덕으로 무장한 정신, 이 둘
을 어찌 아름답다 말하지 않겠는가!

목사는 염소 한 마리라도 자기 소유를 목적으로 키울 수 없
다. 목사가 사리사욕을 품으면 부족의 지도자로서 존경받
지 못하기 때문이란다.

실로 나에겐 신선한 충격 그 자체였다.

존경받지 못하는 목회자는 목회를 할 수도 해서도 안 된다
는 엄격한 마사이족 교회의 불문율이 시퍼렇게 살아 있다
는 사실이 놀라웠다.

마사이족을 방문하면서 그들과 만나고 함께한 시간은 길지 않았으나 이는 내 '신앙과 삶'의 중요한 터닝포인트가 되었다.

'초막이나 궁궐이나 내 주 예수 모신 곳이 그 어디나 하늘나라'라고 고백했던 찬송가 작사자의 마음과 온전히 하나가 되었다.

판자로 지은 마사이족의 예쁜 예배당과 성도들의 순전한 믿음 그리고 목회자의 윤리의식에 감동과 전율을 느꼈다.

나는 제목이 생기면 즉시 글로 적었지만, 마사이족 이야기는 방문 후 사흘이나 걸린 유일한 글이다.

마사이족을 만나게 하신 하나님의 섭리를 어떻게 표현해야 하는지 깊은 성찰과 고민이 있었기 때문이었다.

다시 한 번 상기하고 싶다.

소박한 예배당의 모습과

성도들의 순수한 믿음,

그리고

목회자의 철저한 윤리의식.

마사이 교회의 이런 모습을 접하고 한국으로 돌아갈 수 있게 된 것은 나에게 가장 큰 복이 되었다.

또한 닫힌 내 눈물샘이 다시 터지게 되었다.

굳이 이유를 든다면 내가 선교라는 이름으로 이곳에 왔던 것과 주님의 은혜를 사모했던 영적 갈급함이 내 속에 강력하게 존재했던 모양이다.

2019년 2월 7일

탄자니아 잔지바르 섬에서

64

응고롱고로

탄자니아의 아름다운 동물의 낙원 응고롱고로.
세계에서 제일 큰 분화구가 마치 거대한 울타리처럼 둘러
싸여 있다.
세렝게티보다는 작지만 광활한 초원을 느끼기에 충분하고,
세계 최대 칼데라호가 있다.

가라투 지역의 마지막 방문지인 마사이 마을에 있는 교회
를 가려면 반드시 응고롱고로를 통과해야 했다. 맨몸으로
가다가는 사자 밥이 될 수 있으니 가는 길이 사파리 투어가
될 수밖에 없다. 공원을 들어가는 순간 엄청난 밀림에 숨이
막혀왔다.

하늘에 닿을 듯한 거대한 나무와 앞이 안 보일 정도의 **빽빽**
한 숲은 자꾸만 영화 '라이언 킹'을 생각나게 했다.
와, 와, 와
너무 아름다우니 함성도 지를 수 없었고, 無我地境무아지경
딱 그 느낌이었다.

'주 하나님 지으신 모든 세계 내 마음속에 그리어볼 때'의
가사가 이렇게 바뀌었다.
'주 하나님 지으신 모든 세계 내 눈으로 직접 보게 되니 그
저 내 할 말 와우 와우 놀랄 뿐일세.'
탄자니아가 비록 가난하긴 해도 어떤 나라도 갖지 못한 아
름다운 자연을 소유한 나라이다. 더불어 착한 심성은 무엇
보다도 큰 자산이라 느꼈다. 부요가 반드시 행복의 지름길
은 아니다. 그렇다고 가난을 칭송하는 바는 절대 아니다.

탄성을 지르다 보니 분화구를 한눈에 바라볼 수 있는 전망
대에 이르렀다. 천국은 느낌상 올려다봐야 할 것 같지만 응
고롱고로의 분화구는 내려다보는 천국이었다. 올라가건 내
려가건 좌우지간 천국에 이르렀다.

탄자니아가 갑자기 위대하게 느껴졌다. 이번 탄자니아 여행을 통해 "신은 공평하다"는 말에 상당히 공감하게 되었다.

'동물의 왕국'이나 동물원에서 보았던 친근한 야생동물들을 직접 자연 그대로의 모습으로 볼 수 있음이 너무 신기해서 마치 꿈을 꾸는 것 같았다.
기린과 누 떼, 흰 새, 홍학, 얼룩말, 톰슨가젤, 버펄로, 코끼리, 사자 등 다양한 동물들을 원 없이 보았다. 아직도 나에게 동심이 남아 있어 참 다행이었다.

여러 동물들이 내 눈앞에서 돌아다니는데 그 순간 아들이 생각났다. 나는 천생 지극히 평범한 아버지일 뿐이다. 자녀들과 함께 와서 이런 상황을 함께하면 좋았으련만 나 혼자만 감동을 누리려니 또 마음 한편이 울적하다.

분화구 안에 호수가 없었다면 이처럼 아름다운 동물들의 서식지는 조성되지 않았을 것이다. 숲과 초원과 물 이 세 가지가 동물의 천국을 만들었다.

갑자기 성삼위 하나님이 떠오르니 내가 너무 오버하는 것 아닌가 싶다.

부산 구덕산교회 김용식 장로님이 선교 팀 식대를 지원해주신 덕분에, 그럴듯한 호텔 식당에 앉아 멀리서 노니는 동물들을 바라보며 좀 과분한 점심 식사를 할 수 있었다. 이 기회에 감사의 말씀을 드리고 싶다.

'열심히 일한 당신 떠나라'는 광고 카피처럼 나는 '열심히 선교한 그대들이여 밥을 맛있게 먹어라'라고 고쳐 적용했다.

탄자니아와 점점 사랑의 늪에 빠지고 있다.

사람과 자연 모두에게······.

65

구레나룻 수염

평생 해보고 싶어도 못 해본 것들이 어디 한두 가지일까만
그중 하나의 소원은 절반 정도 이뤘다.

이번 탄자니아에 있는 동안에는 수염을 깎지 않아도 되어
서 면도의 수고를 덜 수 있었다. 이곳에서 수염은 권위의
상징이기도 하기에 일석이조인 셈이다.

하루 이틀 지나면서부터 제법 구레나룻이 모습을 갖추기
시작했다. 팀원들의 대다수는 길러보는 데 찬성했다. 까짓
것 그동안 수염 길러보는 게 소원이었는데 이 기회에 한 열
흘쯤 길러보면 정말 멋있는지 흉한지 답을 찾을 수 있겠다
싶어 수염이 자라길 느긋하게 기다렸다.

마치 내 기대에 부응이나 하듯 수염은 시루에서 콩나물 자라듯 무럭무럭 자랐다. 수염을 만져볼라치면 내가 진짜 남자가 된 것 같았다. 이런 기분이라서 많은 남자들이 수염을 기르는 모양이다.

수염이 길어갈수록 한국으로 돌아갈 날은 다가오고 있다. 그러면 애지중지 키운 내 수염의 운명은 어떻게 될 것인가? 가장 먼저 격하게 반대할 아내를 설득하는 일이 큰 숙제다. 아내는 그렇다 쳐도 교회는 또 어떻게 갈 것인가? 이상하게 쳐다볼 뭇사람의 시선을 이겨낼 자신이 내겐 아직 없다.

잔지바르에 거주하는 선교사는 수염 기르고 한국 교회 갔
다가 지원금까지 끊겼다고 하면서 아깝겠지만 깎으라고 충
고했다.

그러자 조병훈 선교사가 끼어들었다. "다른 이유로 그랬겠
지, 설마 수염 길렀다고 그렇게 했겠어?" 그러면서도 아쉬
운지 한마디 거들었다.

"집사님, 멋있긴 하네요."

나는 수염을 어루만지며 '내 맘대로 수염도 못 기르는구나' 생각했다. 사회라는 구조틀 안에 있어서는 체면 문화 탓에 내 맘대로 할 수 있는 것들이 자꾸만 줄어든다.

손끝으로 전달되는 부드러운 감촉을 즐길 날이 곧 끝난다고 생각하니 섭섭하기 그지없다.

가끔씩 핸드폰 케이스에 넣어둔 작은 손거울로 얼굴을 비춰보면 내가 봐도 나 자신이 멋있다. 탄자니아는 내가 나를 보고 썩 괜찮게 생긴 녀석이라고 자신감을 갖게 한 유일한 나라다.

탄자니아 만세! 만만세!

66

나무 심는 사람들

황무지나 다름없는 가라투 지역에 선교 센터를 설립하여
20여년을 한결같이 탄자니아의 영혼을 섬기고 사랑하는 모
습은 눈물겨운 한 편의 드라마다.

《나무 심는 사람》이라는 책의 말미에 이런 내용이 나온다.

"그의 행동이 온갖 이기주의에서 벗어나 있고, 어떤 보상도
바라지 않고, 그런데도 이 세상에 남긴 것이 분명하다면 틀
림없이 잊을 수 없는 한 인격과 마주하는 셈이 된다.

그가 바로 위대한 사람이다."

조 선교사가 바로 그런 사람이라는 느낌을 갖는 사람은 비록 나만은 아니리라 확신한다.

250여명의 현지 목회자를 지속적으로 돕는 일과 한 달의 절반 이상을 오지로 돌아다니며 선교할 뿐 아니라 긴급하게 식량을 전달하여 허기를 면하게 하고 옥수수를 직접 재배하여 현지인들에게 나눠주고 있다.
현지 성도들 가정의 안정된 소득을 위하여 유실수를 보급한다. 과일을 많이 생산한 교회를 선정하여 현지 교회별로 상금도 두둑하게 지급하고 있다.

이번 세미나에 참석했던 목회자들에게 시상하는 모습을 지켜보면서 참으로 신선했던 점은, 교회 세우고 전도 많이 해서가 아니라 농사를 잘 지은 목회자에게 두둑이 보상하는 것이었다.
굶주리고 있는 사람들을 우선 먹여서 살려놓고 보자는, 지극히 인도적인 모습이 마음에 와닿았다. 고국에서 가지고 들어온 옷가지들을 현지 목회자와 성도들에게 나눠주는 모습은 천생 어머니의 마음이었다.

조 선교사의 말과 행동은 사자성어 '虎視牛行호시우행' 이 안성맞춤이다. '호랑이처럼 보고 소처럼 행동한다.'
선교지에서 반드시 갖추어야 할 자세인 듯싶다.

사모님은 첫인상이 똑 부러지고 선이 확실한 분 같았지만 함께 지내는 동안 매우 소탈하고 마음이 여린 분임을 알게 되었다. 김치 담그는 솜씨는 우리 모두 인정, 그리고 통역은 정말 최고다. 언어의 탁월성은 현지인보다 더 현지인 같은 분위기가 느껴졌다. 학교 책임자로서 분주하게 일하시는 모습은 마치 여전사 같았다.
이억만리 그리운 부모형제 떠나 오직 복음 하나 들고 이십여 년을 한결같이 탄자니아를 위해 살아온 사람. 그는 나에게 거인으로 보였다.

자녀들이 궁금하여 여쭤보니 큰아들이 한국에서 의학 공부를 한다. 초등학교도 다 마치지 못하였지만 아들은 그가 소원한대로 의사의 꿈을 이루기 위해 달려가고 있단다. 그 과정을 어찌 다 말하랴만 그가 고백한 한 마디는 "오직 하나님의 은혜였습니다!"였다.

한국으로 돌아온 나는 그 말을 생각하며 '은혜 아니면' CCM을 수십 번 들었다.

은혜 아니면 살아갈 수가 없네

호흡마저도 다 주의 것이니

세상 평안과 위로 내게 없어도

예수 오직 예수뿐이네

크신 계획 다 볼 수도 없고

작은 고난에 지쳐도 주께 묶인

나의 모든 삶 버티고 견디게 하시네

은혜 아니면 살아갈 수가 없네

나의 모든 것 다 주께 맡기니

참된 평안과 위로 내게 주신 예수

오직 예수뿐이네

또한 열악한 탄자니아의 교육을 위하여 유치원과 초등학교를 세워 운영 중인데 가라투 지역의 명문학교가 되었다. 입학하기가 어려워 대기 학생이 많아 학급 수를 더 늘려달라고 교육청에서 부탁할 정도다.

교회와 학교 그리고 병원, 이는 복음의 트라이앵글이며 교과서이기도 하다. 병원도 세워진다면 금상첨화가 될 것이다.

나는 조 선교사와 말라리아 모기를 걱정하며 이틀 밤을 묵었다. 그러나 정말 두려운 것은 말라리아 모기가 아니라 주님이 나를 구원한 큰 사랑을 잃을까였다. 새벽에 눈을 뜨니 조 선교사는 침대 밑에서 오랫동안 무릎을 꿇고 기도하고 있었다.

아마 이런 기도가 아니었을까.

주여, 탄자니아를 나에게 주옵소서.
내가 나무 심는 사람, 복음을 심는 사람 되어
죽도록 섬기겠나이다.

작은 나비의 날갯짓이 토네이도가 되고 작은 불꽃 하나가 큰불을 일으키듯이 핸드폰 자판을 눌러 적었던 작은 손짓이 글이 되었고 그 글이 책이 되어 탄자니아 가라투 지역의 초등학교 건물을 짓는 데 쓰임 받는 도구가 되었다.

소중한 나의 글동무들이 십시일반 뜻을 모아 책을 낼 수 있도록 제작비를 모아주었다.

각박한 세상에 실로 눈물겨운 일이 아닐 수 없다. 나 하나 추스르기도 버거운 세상임에도 불구하고 우리 반대편 생면부지 가난한 나라 탄자니아의 초등학교 교실 증축을 위해 힘을 모아주는 마음은 세상 무엇과도 바꿀 수 없는 보석처럼 아름답다.

나 역시 큰 의미 없이 따라나선 선교여행이었다. 평소 낙서 비슷하게 글 쓰는 것을 좋아했는데 이게 그만 책으로 발행되는, 상상도 못할 일이 일어나고 말았다.

물론 처음 책을 내는 바는 아니지만 이런 숭고한 일에 쓰이는 글을 쓸 수 있다는 것은 개인적으로 매우 큰 영광이다.

이번 일은 이십여년 외로운 길을 걸어온 조병훈 선교사 내외에게 보람과 소망을 주게 되었고, 조국의 여러 사람들이 탄자니아 선교사역에 관심을 갖게 되는 계기가 되었으니 더욱 힘을 내 선교에 박차를 가하는 원동력이 되리라 생각한다. 그것만으로도 글을 쓴 작가로서 보람된 일이다.

특히 내가 회원으로 있는 남광주CBMC와 광주극동방송 그리고 나주 단비내리교회에서 전폭적인 지원을 아끼지 않았다.

나는 심었고 아볼로는 물을 주었으되
자라나게 하시는 분은 하나님이시라고 했던
바울의 고백은 이제 나의 고백이 되었다.
나는 글을 썼을 뿐이다.
나머지는 나의 이웃과 하나님이 하실 일이다.

기도하고, 기다리고, 기대하는 마음으로
하나님의 역사를 묵묵히 지켜볼 뿐이다.

글 쓰느라 탄자니아에서 열흘간 최선을 다했고 또 책으로
나오도록 하기 위해 한국으로 돌아온 후 열흘 남짓 정신없
이 보냈다.
이제 편집된 원고를 출판사로 넘기기만 하면 책이 되어 우
리 모두가 볼 수 있게 될 것이다.
적어도 내게 이 한 달간의 여정은 기적과도 같았다.

"사람이 사람을 만나면 역사가 일어나며,
사람이 하나님을 만나면 기적이 일어난다."

책제작에 참여한 개인 및 단체(가나다순)

곽영근
구본성
김병갑
김영만
김용호
김창수
김현자
김혜숙
박성모
박정기
박지영
서성열
소일식
이돈성
이은아
이종호
이충열
조재신
한평철
(주)그린하이텍
광주CTS
광주FEBC극동방송
남광주CBMC
단비내리는교회
여수은파교회

세상에서 가장 아름다운 만남

인쇄 2019년 04월 20일
발행 2019년 04월 30일

지은이 정현석
펴낸이 박현
펴낸곳 트러스트북스

등록번호 제2014-000225호
등록일자 2013년 12월 3일

주소 서울시 마포구 서교동 성미산로2길 33 성광빌딩 202호
전화 (02) 322-3409
팩스 (02) 6933-6505
이메일 trustbooks@naver.com

값 15,000원
ISBN 979-11-87993-60-5 03810

믿고 보는 책, 트러스트북스는 독자 여러분의 의견을 소중히 여기며,
출판에 뜻이 있는 분들의 원고를 기다리고 있습니다.